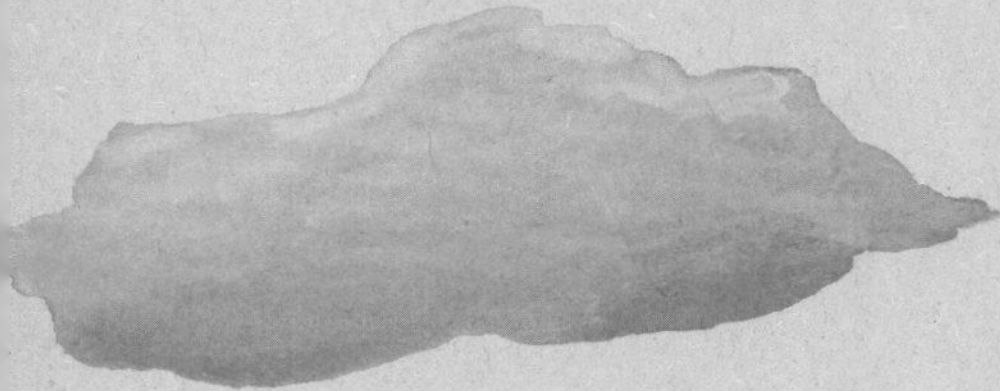

今日もぼっちです。

蹇助

集英社

目次

第一章　ぼっちの種。

第二章　思い出ぼっち。

第三章　ぼっちの愉しみ。

装画・挿画　山本さほ
装丁　名和田耕平デザイン事務所

今日もぼっちです。

第一章

ぼっちの種。

ぼっちの生き方

どうやら僕は『ぼっち』らしい――そう自覚したのは、多分大学を卒業したくらいのことだと思うので、かなり遅咲《おそざ》きのぼっちということになるでしょう。

自室に籠《こも》りっきりであったあの頃に比べると、今は随分《ずいぶん》と華《はな》やかです。

僕の肩書は作家ですが、ありがたいことに、それ以外にも色々と活動させてもらっています。

例えばその一つは和太鼓。

元々学生時代、和太鼓に触れる機会がありまして、そこで出会った同級生たちと『暁天《ぎょうてん》』というグループを結成、国内は勿論《もちろん》のこと、二〇一五年から二〇一九年にかけては、ロシアで行われた日本文化交流イベントにお呼ばれし、かの地で演奏させてもらったりもしました。

もう一つはゲーム実況。

『三人称』と呼ばれるグループで活動しているのですが、ゲームで遊んでいる様《さま》を多くの人に見てもらう――という、説明してもあんまり理解されない不思議な活動です。

こんな風に色々とやっているものだから、さぞや華やかな私生活を送っていることと思われるかもしれませんが、しかしどういうことか、誕生日（十二月二十二日）もクリスマスも正月も一人で過ごしていました。

年末ジェットストリームぼっちと名付けてみましたが、ぼっちなのでオルテガもマッシュも居ません。

そんな悲しい一連星ですが、時折「お前は本当にぼっちなのか？」と問われることがあります。おそらく、様々な活動をするにあたって、周囲に誰かしら居る状態が多いからでしょう。

「お前に比べたら、俺の方がよほどぼっちだ！」

世の中において、こんなにも悲しい主張はないと思うのですが、『ぼっち』だと自称するのもなかなか難しい時代なのです。

ここで、自分の寂《さび》しい身の上話をぶつけることで『ぼっちマウント』を取ることも出来たのかもしれませんが、ぼっちの優劣を決めたところで得られるものとは何だろうと考えた途端、ひどく虚《むな》しくなってしまいました。

ぼっち争いに勝利したところで、そこには勝ったぼっちと負けたぼっちが居るだけ。はたから見ればどちらも等しくぼっちであるし、むしろ負けた方が世間的には好印象かもしれません。

世間といえば、数年前から、『ぼっち』の生き方を評価しよう、という風潮があるように思います。WEBなどで記事になったものを読んでみましたが、学校や会社、果てはSNSなど、人との繋《つな》がりはどこにでもあるもので、それに疲れてしまう人がとても多く、だからこそ『ぼっち』になろう、ぼっちになってそんな疲れにサヨナラしよう！　というような論調でした。また、二〇二〇年に世界中に蔓延《まんえん》した新型コロナウイルスの影響で、日本でも緊急事態宣言が発令され、その期間は知人友人のみならず、親兄弟にさえも会うことを自粛《じしゅく》せねばならないという、『ぼっち』の生き方を強《し》いられることになりました。『ぼっち』であることを日本政府から望まれるという、非常に稀有《けう》な瞬間であったと思います。

僕はぼっちで良かった、と思ったことはあまりないのですが、確かに、人と接すると疲れを感じることは多いです。

人と接する場面というと例えば飲み会になるのでしょうが、昨今では、会社などで部下を飲み会に誘うことも、度が過ぎるとハラスメント扱いになるそうで。

僕は飲み会が好きではないので、この状況はありがたい限りです。

しかし、誘う側も「これはハラスメントになるのだろうか……」と気を遣《つか》わねばならないのは大変だな、と思わなくもありません。

一度でも「それパワハラです！」と言われたら、もう二度とその人を誘わないでしょう。しかし、良かれと思ってその人だけ除外し続けていると、今度は「自分だけ誘われないハラスメント、ソガハラ（疎外《そがい》ハラスメント）です！」となりそうな気もします。

また、「それは○○ハラスメント！」となんでもかんでも言われてしまうことによるハラスメント、『ハラハラ』というものも存在しているとか。

通称『ハラスメント・ハラスメント』と言うらしく、真面目《まじめ》な話なのにネーミングが面白いのはちょっとどうにかして欲しいですね。

一度『ハラ』というミサイルが落とされた職場では、もう飲み会は開催されないでしょう。第二・第三のハラが落とされる可能性に怯《おび》えて過ごさねばならないからです。

そこはまさに焼野原。

腹を割って話すという名目の飲み会が、ハラによって淘汰《とうた》されようとしています。

ハラという言葉で遊ぶのも、何らかのハラに抵触しそうなのでこの辺にしておきますが、今はまだ、様々なモラルを再規定する過渡期にあるので、今後はこういった風潮も変わっていくのかもしれません。

けれど、このままだと「誰とも交流しない方が平穏じゃないか」という流れから、全人類総ぼっち化が進んでいくことになるのではないでしょうか。

昨今、ぼっちが評価されつつあるのも、その流れを汲《く》んでいる可能性があります。

ただ、ぼっちになりたいと願うのはいいと思いますが、注意すべきはその程度でしょう。先にも挙げましたが、一時期の僕などは、ずっと自室に籠りっぱなしで、ただただパソコンの前に座り、一日中動画などを見て過ごし、その日に発した言葉が「んふ」と僅《わず》かに笑っただけ、なんてこともざらでした。

たまに繁華街《はんかがい》に出てみれば、人酔いはするわ、うまく喋《しゃべ》ることが出来ないわで散々です。ぼっちも行き過ぎると、ろくなことはありません。何事もほどほどが良い。

例えば天候で言うと、にわか雨のようなぼっち。

基本的には晴れているが、ところによりぼっちくらいが丁度良いのです。

このことにもう少し早く気が付けていれば……僕も今よりは、もう少しましなぼっちであったのかもしれません。

僕のぼっちは遅咲きでしたが、思えば、ぼっちの種というものは幼少期から至るところに蒔《ま》かれていて、あるタイミングでそれが一斉《いっせい》に萌芽《ほうが》してしまったわけです。

一体どこでどんな種を蒔いていたのか、これを機に振り返ってみようと思います。

先にも書きましたが、コロナ禍《か》によって、他者との距離をとるという『ぼっち』のような生活が求められております。そんな中で、僕の『ぼっち』としての経験を、皆様の生活のヒントにしてもらえたら幸いです。

ぼっち考

ぼっちにとって、自分を知ってもらえるタイミングというのは殆《ほとん》どありません。誰かに身の上話をするタイミングがそもそもないですし、もしあったとしても、それを切り出すのはとても勇気のいることだからです。

「私、ぼっちなんですよぉ」

例えば僕が誰かにそう言われたとしても、僕はその言葉に対してどう反応してよいのか分からないのです。

(この人は自分がぼっちであることに対してどう思っているのかな？　ポジティブなのかな？　ネガティブなのかな？　僕と同じなのかな？　笑っていいのかな？)

色んなことを考えてしまい、結局出るのは苦笑い……なんてことになるでしょう。

人は様々な理由でぼっちになりますし、ぼっちの状況も人それぞれです。

僕は以前から『ぼっち』は大別して二つの種類に分類出来ると考えていました。

ぼっちとは孤独である状況を指す言葉ですが、ここで問題になるのが、ひとえに『孤独である状況』と言っても、望む・望まないにかかわらず「孤独に身を置いている人」と、誰とも価値観を共有出来ないといった「心が孤独な人」とで異なるということです。

僕は前者を『肉体的ぼっち』、後者を『精神的ぼっち』と名付けています。

勿論《もちろん》、肉体的にも精神的にもぼっちであるという『究極体のぼっち』も存在します。

二十代後半、大学の同期たちが細々ながらも頑張って活動しているのに比べ、全くと言っていいほど成果が出ない自分に嫌気《いやけ》がさし、周囲との連絡を絶《た》ち、これでもかと引《ひ》き籠《こも》っていた時の僕はまさに究極体でした。

また、ぼっちは四つの階層に分かれているのではないかと考えます。

肉体的・精神的分類を横軸とするならば、こちらは縦軸になります。

第一層は、比較的軽めなぼっちで、周りに合わせることが出来るタイプ。どこにでも出掛けられるけれど、心のどこかで「ちょっと帰りたい」と思っている感じです。ぼっちライト層と言われている層で（言っているのは僕だけですが）、ともすれば「それはぼっちではない！」「ぼっちにわか！」と、より深い層から揶揄《やゆ》される恐れもあります。

続いて第二層は、例えば飲み会などが催《もよお》された時に、気分が乗れば参加するけど、基本的には一人で過ごしたいタイプ。

気分に左右されるので、気が付いたら途中で居なくなっている場合もあります。社会人など、誰かと共同作業せねばならぬ立場にいるのに、根は孤独を好んでいるような人は、この二層と一層を行き来している方が多いと思います。

ここからはより『ぼっちの階層』の深層へと入っていくのですが、第三層は、まず飲み会には参加しない。そもそも誘ってくれる友達が居ない。というか友達がなんなのか分からないタイプです。彼らに「友達居る?」と聞くと「まず友達の定義を教えて?」と逆に質問で返される、非常に面倒くさい存在に仕上がっています。僕もたまに言います。

そして第四層はかなりディープで、まず人が嫌いです。下手《へた》をすると自分も嫌いなケースもあります。そして、嫌いな自分を他人に見せたくないので人に会えないという『ぼっち悪循環』の螺旋《らせん》の渦《うず》の中にぽつんと存在しています。嵐《あらし》の中に包まれている『ラピュタ的ぼっち』と言い換えてもいいですが、過去に何かしら挫折感《ざせつかん》を味わった人が陥《おちい》りがちで、やはり僕は二十代後半くらいからこの辺りに沈んでいました。

このように、一言で『ぼっち』と言っても、驚くほど多種多様な形態が存在しているのだと分かります。ちなみに、ここでは『下層』という風に表現していますが、上だから良い、下だから悪いというわけではありません。

ただ、これは実体験からの意見になりますが、下層へ行けば行くほど社会では生きづらさを感じます。何故《なぜ》ならば、仕事と呼ばれるものの殆どが『誰かと共同作業をすること』を指しており、他者と時間や価値観を共有せねばならないからです。

さて、このように『ぼっち』をいくつかの種類に分類してきましたが、果たしてこの行為に意味があるのか、と問われたら――勿論、意味はあります。

もし、あなたが現在自分のことを『ぼっち』だなと思っており、さらに、こんな『ぼっち』の状態は嫌だと思っているのならば、まずは上記の分類を元に、今あなたがどの『ぼっち』なのかを確認してみて下さい。そして、いつ、どのタイミングでそこに来てしまったのかを考えてみれば、改善に向けた何かが摑《つか》めるかもしれません。

『ぼっち』の状況は様々ですし、それに対してどう向き合っているのかも人それぞれです。『自分はこうだから相手もこうだろう』という押し付けがあってはいけません。

この『ぼっち分類』を心の片隅《かたすみ》に置くことで、皆様が居心地《いごこち》のいい『ぼっちライフ』を送られることを切《せつ》に願っております。

修学旅行

僕は『修学旅行』との相性が良くありませんでした。

小学校、中学校、高校と修学旅行に出掛ける機会がありましたが、いい思い出が殆《ほとん》どないのです。

そんな中から一つ、いい思い出を皆様にご紹介したいと思います。

中学二年生の頃、修学旅行で京都へ行くことになりました。

修学旅行に際し、まず生徒たちだけで五～六人の『班』を作らねばなりません。その班のメンバーとは、旅行中に宿泊するホテルの部屋が同じになりますし、班ごとに目的地を決め自由に行動出来る日も設けられているため、誰と同じ班になるのかが修学旅行においてかなり重要な要素であることは誰しも理解していました。

教師の合図の後、皆、我先にと仲の良い生徒たちと班を作り始めます。

僕はこの当時、テレビ埼玉で夕方に再放送されていた『宇宙戦艦ヤマト』にはまっており、同じ番組を見ているクラスメイトのT君と共に感想を言いあい、授業中にノートを回しては、

彼とそのアニメの漫画を描いていたのです。そんな彼とは仲良くしているという自覚があったため、「同じ班になろう」なんて声をかけてくれるのではないかなと思っていました。

しかし、いざ班決めの段階になり、彼の席へと視線を送ってみると、彼はすでに他のクラスメイトと集まっていて、その人たちと班を組む様子でした。

（あっ、なるほど）

僕はその時、彼の中で僕はさして重要な存在ではないのだなと気付きました。

彼は僕以外にも沢山《たくさん》の仲間が居て、僕はその中でもそこまで上の位置には居ないのだと。

さて、こうなると焦《あせ》る気持ちが膨《ふく》らんでいきます。

クラスの中に、他に一緒の班になってくれそうな人は誰も思い浮かびません。となると、必然的に僕は余ってしまいます。そうこうしているうちに、クラス内の人気者たちは誰も彼もすでにメンバーを決定している模様です。

しかし、そんな人気者たちの班からあぶれてしまった人もちらほらと見えました。

人気者たちの班を一軍と考えるならば、一軍に入ることが出来なかった彼らは二軍ということになるのでしょうか。こうなったら、二軍の班に入れてもらえないものか――僕は意を決して席を立ち、徐々に出来始めた二軍の集団に近寄りました。

しかし、そんな僕とほぼ同じタイミングで彼ら二軍に近づく人たちが居ました。

それはどうにか自分も二軍に混ぜてもらおうと願う人たち――つまり三軍です。

僕も含めた三軍は、ゆっくりと二軍の集団に近づき、そして彼らを取り囲みました。

しかし、折角《せっかく》近寄ったにもかかわらず、三軍の面々は誰一人として自ら切り出そうとはしません。『一緒の班を作る』という目的は明確なのですから、率先して声をかければいいものの、周囲の様子を窺《うかが》うばかりでそれ以上動こうとしないのです。この時の、それぞれが互いを探り合う様《さま》は、今思い返してみてもあまり気持ちのいいものではありません。

「あ、まだ決まってないの？」

「じゃあ一緒の班になる？」

やがて、その輪の中心に居る二軍の生徒同士で班を組み始めました。

どうしても足りないメンツは、周囲に居る三軍の群れの中から任意に選ばれます。見事に選出され、三軍から脱却することになった彼らの顔はみるみる生気《せいき》に満ち溢《あふ》れ、軽《かろ》やかな足取りで二軍の輪の中へ入って行きます。

僕はいつまでも三軍として輪の外にいました。

少し前までは、ひょっとすると一大勢力になりえたかもしれない三軍も、気が付けばその数を減らし、僅《わず》かに一つの班が組めるくらいの人数になっていました。

かくして、三軍だけで構成されたクラスいち人気のない班の出来上がりです。

そしていよいよ、修学旅行当日。

決して会話がないわけではないのですが、いまいち盛り上がらない、そもそも誰一人盛り上げる気のない我が班が、京都の町を歩き回ります。

本来ならば好きな人の話などで大興奮状態になる宿の夜でも、三軍たちだけだと静かなものでした。ただ、僕は他の連中とは少し事情が違いました。

僕には別のクラスに居る人気者Y君とのコネクションがあったからです。

何故《なぜ》僕が彼と親しかったのかについては、第二章（「ゲームボーイと駅のホーム」）で詳しく書きますが、Y君は修学旅行の夜に女子生徒の部屋へ遊びに行くという約束を取り付けていました。そしてそこに、なんと僕も参加させてもらえることになったのです。

修学旅行、女子生徒の部屋……この単語が並んだ時、果たしてどんなマジックが起こるのか——僕は期待で胸を膨《ふく》らませていました。

結果から言えば、Y君を含めた他のイケイケな男子生徒が、敷かれた布団の上で女子生徒とキャッキャと会話をしている中、僕は部屋の隅《すみ》の畳の上で小さくなっていて、特に女子生徒とお話をした記憶もないのですが、それでもドキドキして楽しかったことを覚えています。

これは僕にとっては分不相応《ぶんふそうおう》な、とてもいい思い出となりました。

しかし、因果応報《いんがおうほう》。

その後にしっかりと報《むく》いを受けることになります。

夜もだいぶ更《ふ》けた頃、ひとしきり会話を終えた僕らはそれぞれの部屋へ戻ることになりました。いそいそと非常階段を下り、廊下の扉を開けた途端、自分の班が泊まっている部屋の前で、腕組みをして胡坐《あぐら》をかいている担任の姿が目に飛び込んできました。

どうやら、早々に僕が部屋を抜け出していることがバレてしまっていたようで、担任は今か今かと待ち構えていたのです。

「何やってんだ！」

時間も時間ですので、周囲には配慮しているのでしょうが、それでも怒りに満ちた担任の声が静かに廊下に響きます。

僕やY君たちは廊下に立たされました。

そうしている間に、Y君の担任や学年主任などがぞろぞろと集まります。

ここでしっかりと謝っておけば、ことさら問題にはならなかったのかもしれませんが、僕は『女子生徒の部屋に行った』ということで、男としてのランクが上がったと勘違いして増長していたのかもしれません。

また隣にY君たちが居る、というのもそれに拍車をかけたことでしょう。

かなり不貞腐《ふてくさ》れた、不遜《ふそん》な態度を取ったことを覚えています。

それはY君たちも同じで、取り囲む教師たちに対して反抗的な視線を送っていました。

そんな態度に、特に学年主任の先生などは怒り心頭に発していたようで、僕の両肩を掴《つか》むと、そのまま膝蹴《ひざげ》りをお見舞いしてきました。

強い衝撃が僕のお腹《なか》に突き刺さります。

おそらくは手加減されていると思うのですが、体が小さく、衝撃に弱い僕にはそれでも十分な威力があり、僕はそのまま廊下に膝をつきました。

（Y君たちもやられているのかな……Y君なんて結構不良っぽいところがあるから、手を出したら大変なことになるぞ……）

廊下に膝をついたまま、彼らの方を見ます。

しかし驚いたことに、Y君を含めたイケイケ男子たちに、他の教師たちは指一本触れていないのです。

（あれ？　僕だけ……？）

その事実に膝蹴りを食らったことよりも驚きました。

Y君なんかは今もなお鋭い眼光で教師を睨《にら》み付けているのです。

前例に倣《なら》うのならば、僕と同様に何かしら攻撃をされていてもおかしくはありません。

しかし、それ以上何も起こりませんでした。

この時、教師たちが何を考えていたのかは分かりません。体罰は良くないと考えていたのかもしれませんし、あるいはY君たちが怖いと思っていたのかもしれません。

ただ、僕はこの時『人は平等ではない』ということを理解しました。

その後、夜に自室を抜け出した生徒たちは別室へと集められ、担任の先生からお説教を受けることになります。

僕のクラスからは僕だけでした。

担任の先生とマンツーマンでこってりと絞《しぼ》られ、その後部屋で待つ三軍の連中たちにも白い目で見られ、修学旅行は散々なうちに幕を閉じました。

ともあれ『修学旅行で女子生徒の部屋に遊びに行った』という、得難《えがた》い経験をすることが出来ましたし、『人は平等ではない』ということを修学した、という点においても、成果のある旅行であったと言えるかもしれません。

ちなみに他の修学旅行では、例えば小学校で行われた林間学校。

初級グループでスキーを滑《すべ》っていたのですが、思い切り転んでしまい、外れたスキー板を追いかけているうちにグループとはぐれてしまいました。どうしたものかと考えた結果、一人で宿に戻ることにし、部屋でじっとしていたのですが、その間にインストラクターや教師の方が必死に僕を捜していたようで、どうやら軽く遭難《そうなん》扱いされていたようです。

また、高校の修学旅行では、同部屋のやんちゃな生徒たちが枕投げやプロレスなどで暴れまわった結果、喘息《ぜんそく》の発作《ほっさ》が起きてしまい、呼吸が落ちつくまで、僕は薄暗い廊下に出て一人でじっと座っていました。

僕の修学旅行は廊下やら部屋やらでじっとしていることが多い、という共通点を見出《みいだ》しましたが……余計に哀《かな》しくなるだけでした。

孤独な役者

僕は孤独な役者でした。

こういう書き方をすると、「ストイックだったんだなぁ」とか「芝居一筋だったんだ」とポジティブに捉《とら》えて下さる方もいらっしゃるかもしれませんが、簡単に言えば極端に友達の少ない『ぼっち役者』だったわけです。

僕が演劇に触れたのは、高校時代に演劇部に入部したことがきっかけですが、その後、大学時代は演劇を専攻する学生として、卒業後もしばらくは学生劇団に所属し、その後もコントなんかをやっていたので、舞台に立つ機会はそれなりに多かったように思います。

同時に、僕は役者をやることで、自分が『ぼっち』であると気付かされました。

先に自分は遅咲《おそざ》きのぼっちであったと書きましたが、それはこの時期に自分が『ぼっち』であるとはっきりと自覚をした、ということになります。

それまでは、あまり自分を『ぼっち』だと思ったことはありませんでした。勿論《もちろん》、クラスの皆が休み時間に外に遊びに行く中、教室でぽつんと読書をしていた僕は紛《まご》うことなき『ぼ

っち』だったわけなのですが、しかしそのことを深く考えることはなかったと思います。

自分が『ぼっち』であることを自覚した瞬間、僕は真の『ぼっち』になった気がします。

学生時代、僕は同期の仲間が創《つく》った劇団に所属していました。

小さな劇団にはありがちなことだと思いますが、劇団員はもとより、観客までもがほぼ誰かの知り合いでした。しかしそれは仕方のないことで、小さな劇団は知名度も低いですし、広報力も皆無《かいむ》に等しいので、自然と声をかけられる範囲は狭くなってしまうものです。

そんな中でも、より多くの客を呼びたい。これはどの劇団でも同じ思いでしょう。

演劇は観客が居てこそ成立するものですし、何より客の数はそのまま運営資金に繋《つな》がります。小劇団はどこもかしこも貧乏ですから、次の公演をするために少しでも多くの客を呼ぶ必要があるのです。劇団を構成する人員の大部分は役者ですので、集客もまた役者頼みになります。最近知り合いの役者に聞いたところによると、とある舞台のオーディションの際、Twitterのフォロワー数を尋《たず》ねられたことがあるそうです。

つまり、この俳優はどれだけお客さんを呼ぶことが出来るのか、どれだけの繋がりを持っているのかが重要視されていることになるのでしょう。

極端に言えば、どれだけいい演技をしようが、客が呼べない役者は殆《ほとん》ど価値がないということです。

そして僕は客が呼べない役者でした。

勿論、だからと言っていい演技をしていたというわけでもないことは明記しておきます。

公演前になると、劇団員は皆携帯電話と睨《にら》めっこして、片っ端から『友達』に連絡を取ります。僕もまた、彼らと同じように携帯電話を見るわけですが、僕の携帯電話には『友達』の名前が殆ど入っておらず、そこまで交友のない大学の同期の連絡先ばかりでした。

しかも、僕の大学の同期は、当然ながら他の団員の同期でもあります。声をかけられる知り合いが被《かぶ》ってしまっているのです。先に声をかけたもの勝ちの世界なのですが、僕よりも他の団員の方が彼らとの親交が深いため、どうしても声をかけられません。

結果、「私は五十人呼んだ」「俺は八十人呼んだ！」と周りの団員が集客数で競い合っている中、僕だけが片手で足りるほどしか客を呼べていない（しかもそれは家族）、なんてこともザラでした。ややもすれば、当日お手伝いをしてくれるスタッフよりも呼べなかったこともあるくらいでした。すると、どうなるか。

周囲の視線は驚くほど冷やかなものになります。

例えば稽古《けいこ》期間中、たびたび遅刻をしていた劇団員。そこまで上手とは言えないお芝居をする劇団員――様々なメンバーが居るわけですが、そんな彼らをぶっちぎって、客が呼べない僕が『劇団に利益をもたらさないランキング』のトップに位置することになるのです。

肩身が狭いことこの上もありません。

しかし何よりも辛《つら》いのは終演後に訪れる魔の時間――『客出し』と呼ばれる時間帯でした。

『客出し』とは、終演後に出演者たちが劇場のロビーまで出て行って、来場者をお見送りする行為なのですが、その時に少しばかり談笑をするというのが主な目的になっています。

そして、客を呼べていない僕は、当然誰とも喋《しゃべ》りません。左右の役者たちが「久しぶり！」と笑顔で挨拶《あいさつ》をし、ガッチリと握手をしている中、僕は一人、「ありがとうございました……」と呟《つぶや》き、目の前を通り過ぎる客に頭を下げることになります。

これがまあ、辛いのなんの。

だから、僕は楽屋に戻るのが誰よりも早かったです。

そして楽屋で一人、今日の芝居はどうだったかな、なんて一人反省会をしたり、あるいは開演中に僕の携帯電話に届いていた『ごめん、急な用事で今日いけない！　頑張ってね！』という謝罪メールに対し『気にしないで！』と返信をしていました。

自分が『ぼっち』であるとしっかり認識させられたのは、この時です。

僕は客を呼べない。

僕は劇団に貢献《こうけん》出来ていない。

僕には役者としての価値がない。

この時ばかりは、『ぼっち』であることはマイナス要因であるのだと痛感させられました。

もっと社交的だったら良かったのに、もっと、上辺《うわべ》だけでも『友達』と呼べる存在を作っていれば良かったのに、とそれまでの自分の生き方を後悔したものです。

舞台に上がっていた数年間、僕はずっと『友達』が少ないことに頭を悩ませ続けていました。携帯電話に入った連絡先の多寡《たか》が、そっくりそのまま役者としての価値、ひいては自分の存在価値だと思い込んでいたのです。

しかし、当然ですがそんなことで自分の価値が決まるものではありません。

その場所において真価を発揮していないというだけの話なのです。

僕はその後、舞台の道を諦《あきら》め自室に籠《こも》り、せっせと小説を書き連ねるようになりましたが、その時初めて『友達』というものから解放された気がします。

もう、必死に携帯電話の連絡先を睨みながら、長年音信不通だった相手を探し出し、『久しぶり！』から始まるお決まりの定型文を送らなくてもいいのです。

『久しぶり！ 元気にしてる？ 今度公演をやることになったんだ。久しぶりの連絡がお知らせでごめんね！』という無駄に元気な文章を公演の度に次から次へ送ること、そして送ったメールに全く返信がないことや、『宛先不明』という意味の英文で返ってくる様《さま》を眺《なが》めることが、どれだけ自分の心に圧をかけていたか、ようやく気付いたわけです。

あの時期、僕は自分が『ぼっち』であることを後悔していましたが、今ではさほど後悔していません。適材適所、という言葉がありますが、『ぼっち』に適した場所も少なからずあるのだなと感じる今日この頃です。

MAILER-DAEMON
@Returned mail
ユーザーがみつかりません

第二章

思い出ぼっち。

呪われる人

子供の頃、僕は魔術が使えました。

「嘘《うそ》をつけ！」と思われた方も多いでしょう。

それは全くその通りで、魔術が使えるというのは真っ赤な嘘でした。

小学校時代、僕の周囲では『誰かに呪いをかける』という行為が流行《はや》っていました。文字にするとそら恐ろしく聞こえますが、子供の時によく流行ったいわゆる『こっくりさん』などのようなものであったと思います。

魔術という言葉は、子供心にとても甘美《かんび》な響きを有しています。僕もたいそう憧《あこが》れましたし、正直今もなお憧れています。

当然、僕も魔術ブームに乗っかろうとしたのですが、しかし、元来友人の少なかった僕は情報源がほぼないため流行りに疎《うと》く、そのブームに若干乗り遅れ気味でした。

背が低く、根暗な眼鏡《めがね》といった僕の見た目からすれば「ブーム以前から皆に呪いをかけていましたけど？」と言っても説得力があるのですが、市場はすでに呪いをかける魔術師の供

給過多、呪われた人々のバーゲンセールで付け入る隙《すき》がありません。

そこで、僕は一計を案じました。

僕は周りに「自分は呪いを解くことが出来る」と吹聴《ふいちょう》したのです。

呪いをかける側ではなく、解く側に回ったのは、我ながらまさに慧眼《けいがん》でした。

たちまち僕は人気者になりました。生徒たちは皆『呪いをかける』ことに夢中だったので、教室内はインフルエンザウイルスが蔓延《まんえん》するかの如《ごと》く、呪われた人々で溢《あふ》れかえる『カース・パンデミック』状態。誰も『その後のケア』を考えていなかったのです。

休み時間ともなれば、僕の周りに人だかりが出来、「呪いを解いてくれ」「馬鹿野郎こっちが先だ！」と押すな押すなの大騒ぎになりました。

当時の僕のクラス内での立ち位置が、友人の少ない根暗な男、休み時間にはよく本を読んでいて、更《さら》に伯母《おば》が高校の教師（小学生にとって教師は映画に出てくる考古学者とほぼ同義）であるということも、その説得力に一役買っていたことでしょう。まるで、普段は村民から怖がられていた村はずれの賢者が、村の危機を救うため、その知識を披露《ひろう》しにやってきたかのようです。

僕はその場で適当に編み出した術式により、様々な生徒たちの呪いを解きました。具体的には、中指と人差し指の二本で相手の背中に十字を描き、十字の隙間《すきま》部分に点を打ち（〝※〟という記号を四十五度傾けた時のような感じ）、全体を丸で囲んで、最後に十字の中心を掌《てのひら》で打つ、という術式です。これが、その場で考えたにしてはいかにもそれっぽい仕草で、更には教師の伯母が所蔵していた本に載っていたという僕の証言——実際はそんな本などないのだけれど——も相まって、嘘だと疑う者は一人もいませんでした。

そして、この術式の優《すぐ》れている点は、一人にさほど時間がかからないので休み時間に何件もの依頼をこなせること、そしてパッと見ただけではどうやっているのか分からないので、技術を盗まれることがなく、同業者が現れないことでした。

市場独占——噂《うわさ》は教室の外まで広がり、休み時間ともなれば、わざわざ違うクラスから生徒たちが出向いてくるまでになりました。中には学校でも人気者の生徒の姿もあり、普段は挨拶《あいさつ》だってしない彼らと対等——いや、むしろ優位に立てているという快感に溺《おぼ》れ、僕はとにかく必死に呪いを解きました。僕の行動、言動、全てが出鱈目《でたらめ》でしたが、僕という解呪《かいじゅ》装置は確かに機能し、あの時、僕は学校内の重要人物として存在していたのです。

しかし、そんな日々にも終わりが訪れます。

魔術ブームが去ってしまったのです。

呪われていない限り、呪いを解くことは出来ません。あっという間に無力になってしまった僕は、いっそのことクラス全員に呪いをかけてやろうか、とも考えました。確かに、あの時の僕の影響力ならばそれも可能だったかもしれませんが、生徒たちに呪いをかけまくり、その後全員を解呪したところで、果たして皆は僕に感謝するだろうかと思いとどまる程度の賢さはありました。

結局、僕は村の外れ、教室の隅《すみ》っこに戻りました。むしろ、呪いの中心人物として存在していたことで、「あいつは暗い。暗い上に怖い」などと、より悪い印象を持たれてしまっていたかもしれません。

かなりどうかしているエピソードだとは思いますが……当時のクラスメイトは、あの時僕のことをどう思っていたのか、それが今でも気になります。

そもそも、あの出来事をまだ覚えているでしょうか？

そして、実際のところ、どこまで僕のことを信じていたのでしょうか？

ひょっとすると、中には今でも、僕のことを『解呪屋』だと信じている人が居るかもしれません。あの中に本当に呪いにかかっている人が居て、縋《すが》る思いで僕を頼ってくれていたのかもしれないと思うと、申し訳なさと恐ろしさで、少しばかり震えてしまいます。

僕はあの一連の呪いブームを、今後も忘れることが出来ないと思います。

ひょっとすると、未《いま》だに呪われているのは、実は僕なのかもしれません。

連鎖理論

僕はとても頭がいい子供だったはずです。

あれは小学校五年生の頃。

同じクラスのS君が、隣のクラスのAさんと付き合い始めました。S君は運動も勉強もそこそこ出来る、学校ではそこそこモテる男の子でした。片やAさんも大人びた雰囲気のある、人気の高い女の子だったと思います。

そんな二人が付き合い始めたとあって、学校内では話題になっており、教室の隅《すみ》っこにいた僕の耳にも入ってくるほどでした。

ある日の昼休み、どういうわけか僕はS君と一緒に校舎裏に居ました。

S君とはたいして仲が良かったわけではないので、どんな経緯かははっきりと覚えていないのですが、子供の頃は往々にして、あまり仲良くはないはずの人と行動を共にすることがあったように思います。

おそらくそこにたいした理屈などなく、なんとなく気が向いたから、とか、その時丁度近

くに居たから、とかそんな程度の理由なのでしょう。

一体何の用事なのかと首を傾《かし》げている僕に向かって、S君は懐《ふところ》からおにぎりを二つ取り出しました。

「これはAに作ってもらったおにぎりなんだ」

彼は笑顔で僕にそう言ってきたのです。

おそらく、彼はAさんと付き合うことになって、とても浮かれていたのでしょう。だから、クラスの誰かを捕まえて、その幸せを見せびらかしたかったのだと思います。

本来ならば読書に時間を割《さ》きたい昼休みの貴重な時間に、あまり仲良くはない男子生徒に校舎裏まで呼び出され、恋仲の彼女から初めて作ってもらったらしきおにぎりを見せつけられる――地獄めぐりガイドブックに地獄の初級コースとして記載されてもおかしくはない所業です。

「ふざけんな!」と一蹴《いっしゅう》してもいい場面だと思うのですが、その時は『人生でもそうそう訪れたことがないコイバナをしている自分』というドキドキ感が勝《まさ》ってしまい、興奮気味に「すげーな!」と返事をしたような気がします。

その返答が良かったのでしょう。彼は二つのおにぎりのうちの片方を僕に差し出しました。

なんだか昔話の一節みたいですが、しかしこれはAさんが彼のために作ったおにぎりです。

「それはお前のモンだろ。責任持ってお前が食えよ!」と返すのがいい男の対応でしょう。

しかし、残念なことに当時の僕は、同年代の女の子が握ったおにぎりを食べたことがありませんでした。

(きっと、いつも母親が握ってくれるおにぎりとは違う味がするに違いない……)

おそらくは阿呆《あほ》みたいな顔で「いいの!?」と声を上げ、僕は相手が首肯《しゅこう》するよりも早くおにぎりを受け取りました。

ラップに包まれていたおにぎりは少し小さめでありましたが、とても可愛《かわい》らしいおにぎりを早速とばかりに一口。具材がなんであったかを覚えてはいないのですが、とても美味《おい》しかったことは今でもはっきりと記憶しています。

「美味《うま》いだろ」

そう言いながらS君は満足げにもう一つのおにぎりを食べ始めました。

「俺のおかげでおにぎりが食べられているんだぞ」とでも言いたげな顔です。

まるで強者が弱者に施《ほどこ》しを与えているかのような上から目線に若干の苛立《いらだ》ちを覚えた僕は、彼と対等な立場になるべく、とっておきの理論を提唱しました。

「まあ、S君とAさんが付き合えたのはある意味僕のおかげだけどね」

この発言にS君は目を丸くします。

それはそうでしょう。僕は別にAさんにS君を紹介したわけでもないですし、「耳かっぽじってよく聞けよ」とS君に対するAさんの好感度の高さを教えてあげたりだとか、旬なデートスポットを伝えていたわけでもありません。それなのにどうして僕のおかげなのかというと、これには当時の僕なりの考えがありました。この考えに気が付いた時、僕は自分のことを「なんて頭がいいんだろう……まさに神童だ」とさえ思ったほどです。

僕はその頃、全ての事象は連鎖しており、全ての存在はその連鎖の中にあると思っていました。

確かに、S君とAさんが付き合う過程において、一見僕は無関係に思えます。

しかし、例えば僕がそもそも存在していなかったら?

S君の人生はどのようなものになっていたでしょう。

僕が存在している場合と存在していなかった場合では、S君の行動は少なからず違ってくるはずなのです。

小学生は背の順で並ぶことが多いですから、背の小さかった僕が居なくなることによって、S君の順番は必然的に前倒しになります。それによって、男女で整列した場合、隣に並ぶ女の子が変わるでしょう。もしかしたらその子はS君のことが好きになってしまうかもしれません。そしてその子とAさんは友達で、それによりAさんは「友達を裏切るわけにはいかないし……」とあえて身を引くかもしれません。

つまり、S君とAさんが恋仲にはならないのです。

その他にも、テストの成績……は常に僕の方が下だったので関係はなさそうですが、席替えやクラス替えでも影響が出るでしょう。運動会でのクラス対抗リレーでも、僕という足を引っ張る存在が居なくなることにより、巻き返しを図る場面そのものがなくなるので、S君の活躍の場が失われ、彼の魅力が発揮出来なくなります。

ひょっとしたらAさんは、運動会で活躍した別の誰かを好きになっていた可能性だってあるのです。逆に、僕という存在が居たからこそ、巡《めぐ》り巡ってS君とAさんは付き合えたのだと言えるでしょう。

これが当時、僕が提唱していた『全ての事象は連鎖しており、全ての存在はその連鎖の中にある理論』です。名称が長いのでここでは『連鎖理論』としておきましょう。

だから、S君が僕におにぎりをくれるのは当然の代償で、むしろもっと感謝されて良い、と言いたかったのです。

しかし、そんな『連鎖理論』を聞いたS君は僕に向かって、

「いや、意味分かんない」

と言い放ちました。

どれだけ説明をしても彼は聞く耳を持ってくれません。むしろ少し苛立っているような印象すら受けます。

（S君は頭がいいはずなのに、どうして『連鎖理論』を理解してくれないんだろう……）

当時の僕は疑問に思ったものです。

しかし、今思えばS君の態度にも納得出来るというか、クラスの中で空気のような存在の男が「ただ存在しているだけでありがたく思え」と、まるで感謝しろみたいなことを言いながら、好きな女の子が作ったおにぎりをパクついているわけですから、これは立腹するのも当然でしょう。

大人になった今でこそ分かることですが、当時の僕の理論は『風が吹けば桶屋《おけや》が儲《もう》かる』という諺《ことわざ》に近しいものではありますが、こじつけ感が強すぎるというか、ほんの僅《わず》かな可能性を示唆《しさ》しているだけであり、結果に対する原因を説明出来ないのです。

その時も結局、僕の『連鎖理論』は理解が得られぬまま、昼休みの終わりを告げるチャイムが鳴りました。

そしてその後、S君が僕にコイバナをすることはなくなりましたし、それどころか彼と会話をした記憶すらありません。また、僕も誰かに向かって『連鎖理論』を提唱したことはありません。

あの頃の僕は頭が良かったはずなのですが、学力は落ちる一方で、こういった様々な理論を提唱する研究者や哲学者にはなれませんでした。

あの時のS君とのやり取りが連鎖し、僕の人生に多大な影響を与えているのです。

ちなみに、付き合っていたはずのS君とAさんは、いつの間にか別れていました。

全ては『連鎖理論』の中にあるのかもしれません。

野球少年

中学時代に野球をやっていた、と言っても、信じてくれる人があまりいません。

おそらく、現在の僕に野球少年っぽい『健全さ』や『快活さ』が一ミリもないことが原因なのでしょうが、しかし確かに僕は野球少年だったのです。

中学時代の試合の記録はなんと、出塁率十割。

僕は凄《すご》い才能を持った選手だったのです。

子供の頃の僕は野球漫画を読んで育ちました。

そして、幼い頃は誰しもそのきらいがあったと思うのですが、僕も自分には何か凄い才能があると思っているタイプの子供でした。だから当然、ちょっと野球をやれば何かしら凄い才能が開花すると思っていて、中学校に入ると同時に野球部に入部したのですが、これが驚くことに、そんな才能が花開く気配は一向にありません。

『背が低いけれど練習もせずいきなり剛速球を投げられるタイプなのでは?』とか、『練習はしていないけれど、どんなボールでもバットに当てることが出来るセンスがあるのでは?』

などと期待していたのですが、そんなことは全くありませんでした。

それどころか、日々の練習は辛《つら》いですし、監督は日に日に怖さを増していきますし、好きな漫画を読み、ゲームをする時間も失われてしまいます。

「おや？　これはひょっとすると、楽しくはないのでは？」

現実を突きつけられた僕は次第にやる気が削《そ》がれ、練習に身が入らなくなります。

「もうやめようかなあ。卓球部が早く帰れていいらしいけどなぁ」

そんなことを思っていた中学二年生の時、初めて試合に出る機会に恵まれました。

とはいえ、勿論《もちろん》レギュラーとしてではなく、試合は終盤に差し掛かったところで、代打としての起用です。

背が低く運動音痴《おんち》で、守備位置さえ決まっていないこの僕を試合に出すとは——僕は監督の采配《さいはい》を疑いました。僕は監督が毎回ベンチから出しているサインすら分からないんだぞ。そんな僕をこの大事な場面で出すとは、試合を捨てるつもりか——心の中でそう蔑《さげす》む僕を呼びつけた監督は、ベンチに座ったまま、こう言いました。

「打席に立ったら、何もするな。バットも振るな」

それがどういう指示なのか、僕は理解が出来ませんでした。

意味が分からぬままバットを手に打席に立つと、やがて試合は再開されます。

僕はただただ、呆然《ぼうぜん》と打席に立っていました。監督の指示に逆らうつもりもありませんでしたし、そもそも相手の投手が投げるボールは速く、僕がバットを振ったところで当たる気がしませんでした。

その間にも、相手の投球は続いていきます。

そして、驚いたことに、ピッチャーの投げた球は四球連続でボールとなり、僕は見事出塁出来たのです。

僕はかなり背が低かったので、当然、ストライクゾーンはとても狭いです。フォアボールになる確率はそうとう高かったと言えるでしょう。

審判に四球を宣言され、僕は一塁へと歩きました。

僕はドキドキしていました。監督が出すサインが一つも分からないので、塁上で何をすればいいか分かりません。おまけに、この攻撃回が終わったら、今度は守備につかねばなりませんが、その時にどこの守備位置を任されるかも分からないのです。

そんな僕のそばに、監督からの指示を受けた一人のチームメイトがやってきました。彼はやってくるなり僕にこう言います。

「代走だって」

代走——出塁した選手の代わりに、より足の速い選手を出す戦術です。交代させられた選手はそこで役割を終え、あとは試合を見守るだけになります。

「あっ、はい」

僕は一塁から離れ、ベンチへと戻りながら、自分に課せられていた役割をようやく理解しました。

つまり、僕は背が低く運動音痴でサインも分からず守備位置さえ決まっていない短所だらけの選手ですが、この代打はその短所を長所に変える戦術だったのです。

これは凄い。まさに名采配。後の世に語り継がれる見事な戦術です。

僕の才能――

以前から僕が憧《あこが》れていた『練習もしないで得られる才能』が、たった今開花したのです。

しかし、そんな才能を目《ま》の当たりにしたにもかかわらず、ベンチに戻った僕を褒《ほ》め称《たた》える仲間は一人もいませんでした。

それはそうでしょう。何故《なぜ》なら、何もやっていないからです。そもそも僕自身、何一つ手ごたえはなかったので、褒められたところでどう反応すればいいか分からなかったでしょう。

その後、試合がどうなったのか、僕はよく覚えていません。

それからしばらくして、僕は野球部をやめ、卓球部へと移籍しました。

これは別に野球が嫌いになってしまったというわけではなく『練習もせず不意に打ったサーブが物凄い回転になる才能』があるような気がしたからです。

出塁率十割。

打率は〇割。

代打で四球出塁し、代走で交代。出場試合数は一。

これが、僕の中学野球部時代の記録です。凄い才能を持っていたのは間違いありませんが、ただ、高校時代には身長も人並みに伸びてしまっていたので、その才能を活《い》かせたのはあの一瞬だけであったのかもしれません。

自分の才能に気付かせてくれた恩師には、どの選手も感謝するものだと思いますが、全く感謝の気持ちが湧《わ》いてこなかったのが不思議なところです。

ちなみに、この後入った卓球部にて、部員不足から公式戦に出場する機会がありましたが、ゼッケンを忘れ、ワイシャツを切り抜いた即席のゼッケンをピンで留めるという体《てい》たらく。そういう不真面目《ふまじめ》な選手は、漫画などでは大活躍するのがお決まりのパターンですが、現実はきっちり一回戦負けでした。

才能がありすぎた故、天狗《てんぐ》になってしまうという話は聞いたことがありますが、どうもそういうことではなかったようです。

ゲームボーイと駅のホーム

中学校時代、僕にはY君という友達が居ました。

修学旅行で忘れられない思い出を僕に残してくれた、あのY君です。

Y君は勉強が駄目でしたが、とても背が高く、運動が出来て、それなりにモテていたように思います。

片や僕は、背の順で並ぶといつも前から二〜三番目と背が低く、運動も出来ず、勉強も駄目で、これでもかというくらいモテませんでした。

当時はスクールカーストという言葉はなかったように思いますが、そのカーストの序列で言えば、容姿に優《すぐ》れ、おまけにちょっぴり悪そうな彼はおそらく上位に属し、いつまで経《た》ってもチビで阿呆《あほ》で眼鏡《めがね》だった僕は下位に属していたことでしょう。

そんな僕と彼がどうして友達関係であり得たのか——きっかけも思い出せませんし、未《いま》だに疑問が残るところではありますが、僕は彼と結構な時間を一緒に過ごしていたように思います。

家が近かったこと、そして僕の家には流行《はや》りのゲーム機が沢山《たくさん》あったことが理由だったのかもしれません。

彼は同学年にモテただけでなく後輩の女子生徒と交際をしていたこともあり、時折僕に色々と話をしてくれました。また、彼の巧《たく》みな話術により、女子生徒たちの交換日記を覗《のぞ》かせてもらえたこともあります。

当時の僕では、よほど卑怯《ひきょう》な方法を取らない限り不可能であったその秘密の日記を覗き見る機会を得たのは、彼のおかげに他なりません。

ある休み時間、僕らは教室の隅《すみ》で、こっそり女子生徒たちの交換日記を広げて、その鑑賞会を行っていました。彼女たちからすれば「何してくれてんだ」と立腹することこの上ないでしょうが、もう時効だと思うので許していただければと思います。

その日記の中には、彼や彼の周りの男たちの名前が可愛《かわい》らしい文字で書かれており、当然ながら僕の名前など一ミリも記《しる》されてはいませんでしたが、何故《なぜ》か僕はウッキウキだった気がします。ウッキウキで「お前の名前があるー！」とか言っていたと思います。

今思い出しても、結構哀《あわ》れです。

また、彼のおかげで、普通なら絶対話さないであろう同級生たちとも遊ぶ機会が増えました。コネ入社ならぬ、コネ同級生です。

Y君のおかげで、分不相応《ぶんふそうおう》な上層部の人間と親交があったのです。

一見するとどう見ても駄目人間であり、また、知れば知るほど根が腐《くさ》っている僕ですが、どういうわけかスクールカースト上層部との繋《つな》がりがある僕という男に、破格の出来事が次々と起こります。

その中でも随一《ずいいち》の出来事といえば、僕に彼女が出来たことでしょう。

コネ恋人とのコネ交際です。

当時、周囲の上層部連中は皆が誰かと交際をしていて、僕だけがぽっかりと空いた穴のように誰ともお付き合いをしていませんでした。あまり自分を卑下《ひげ》するのもどうかと思いますが、あの頃の僕がお付き合い出来た理由を考えても、コネ以外の理由が浮かびません。

そして、そんなコネ交際は一か月も持ちませんでした。

それは仕方がないことです。

おそらく、初めての彼女だと浮かれていたのでしょう。

彼女から借りた教科書の隅に愛の言葉を書いてしまい、「そういうのはやめてくれ」と諭《さと》されるほど気持ちが悪かったのだから、仕方がないことなのです。

ただ、「僕は過去に女性と付き合った経験がある」という、当時の僕では得ることが難しかった称号を頂戴《ちょうだい》することが出来ました。

この称号を手に入れんがために、幾人《いくにん》もが無謀《むぼう》な賭《か》けに出ては玉砕《ぎょくさい》していったと聞くので、きっと多くの人が羨《うらや》ましがっていたことでしょう。

それもこれもY君と親交があったおかげです。

僕は確実に彼からの『おこぼれ』にあずかっている状態でした。

勿論《もちろん》これは、今振り返ってみればそう思えるということで、当時の僕にそんな打算的な気持ちはなく、純粋にY君と楽しく遊んでいましたし、学年でも人気者の部類に位置する彼と結構な頻度《ひんど》で遊んでいる自分もまた、なかなかどうして、たいした中学生だろうと思っていました。ただ、そんな彼との親交は、あることをきっかけとして、それが偽《いつわ》りのものであったのだと知ることになります。


ある日、僕とY君は駅のホームで電車を待っていました。

快速電車が凄《すご》いスピードで通過してしまう小さな駅で、僕と彼は何を話すでもなく、ぼんやりと時間を潰《つぶ》していました。

そんな時、ふと、彼は鞄《かばん》からゲームボーイと呼ばれる携帯ゲーム機を取り出し、遊び始めたのです。

当時、スマートフォンといったようなものはまだなく、携帯電話も殆《ほとん》ど普及していませんでした。なので、いつでもゲームで遊ぶことが出来るゲームボーイは、当時の僕ら子供にとっては夢のような存在であったのです。

僕は子供の頃から無類のゲーム好きであったのでゲームボーイを所持していましたが、彼がそれを持っているのは初めて見ました。

「あれ、Y、ゲームボーイ持ってたんだ」

そう尋《たず》ねると、彼はゲームをやりながら頷《うなず》き返します。

「へぇ、そうなんだ」

そう納得した僕であったのですが、ふとした瞬間に見えたゲームボーイの下側に、黒マジックで僕の名前が記されていたのです。

普段はゲームソフトなどに名前を記してはいないのですが、何故かゲームボーイ本体には自分の苗字《みょうじ》を書き記していました。

特に理由のない、ただの気まぐれです。

表でも裏でもなく、本体の下側面に書いていたので、ひょっとしたら気付かれにくい場所であったかもしれません。

持ち主の名を表さなければいけないのに目立たないという点で、もともとあまり意味を成していないのですが、それがこんな時に効果を発揮してしまいました。

「これ、俺のじゃない？」

本体下部を指さしながら恐る恐る尋ねてみると、彼はゲームボーイの下側をちらりと見て、それから「あ、うん。借りてる」と答えました。

勿論《もちろん》、貸した覚えはありません。

そういえば、最近家でゲームボーイを見ていませんでした。僕は結構なうっかり者だと自覚しているので、きっと家のどこかに置いたことを忘れてしまっているのだろう、そしてそのうち出てくるだろう……などと思っていたのです。

彼が「借りてる」と嘘《うそ》を吐《つ》いたその時、僕は様々なことを考えました。

もし僕が本体に書かれた苗字のことを指摘しなかったら、僕のゲームボーイはどうなっていたのだろう？

彼はいつ僕のゲームボーイを手にしていたのだろう？

そもそも彼は何を思って僕のゲームボーイを持って行ったのだろう？

そして今何を考えているのだろう？

果たして、僕とY君とは対等な友人関係であったのだろうか？

「Y君を利用して甘い汁を吸ってやろう」などと思ってはいなかったのですが、周囲からすれば、まるで虎《とら》の威《い》を借る狐《きつね》のような状態になっていたことでしょう。

そんな僕ですから、Y君からしてみればとてもじゃないけれど対等ではないと思っていたのかもしれません。

僕はあまり人付き合いが上手ではなかったので、どういうものが正しい関係なのかは分かりません。実際のところ、友人関係とはそういう側面があるのかもしれないし、あるいは利害を超えた先にあるものなのかもしれません。

僕自身にも問題はあったのでしょう。

彼にも問題はあったでしょう。

しかし当時の僕は、この件について彼を詰問《きつもん》することはなかったですし、彼も彼で、それ以上の言い訳を用意することをしませんでした。

彼からゲームボーイを返してもらい、僕はそっと鞄にしまいました。駅のホームを通過する快速電車が、静寂《せいじゃく》を埋めるように耳障《みみざわ》りな音を鳴らして通り過ぎて行きました。

そこでY君との付き合いがプツリと途切れた――というわけではなく、実際のところはそれからも彼との関係はしばらく続いていたのですが、違う高校に進学したことで少しずつ離れて行き、大学に進んだ時には、もう、連絡も取れなくなってしまいました。


いつもは彼のことを忘れているのですが、時折ふとした拍子に思い出すことがあります。

彼がどこで何をしているのか、僕には分かりません。ひょっとすると彼の方は、この出来事について覚えてはいないかもしれません。

元気で暮らしていてくれとも思わないし、かと言って辛《つら》い目に遭《あ》っていてくれとも思わない。

ただ、思い出すだけ。

あの頃あんなことがあったなぁと、苦笑いをしながら思い出すだけです。

ラブレター

中学二年生の頃、好きな女の子が居ました。

とは言え、未《いま》だに僕には恋だの愛だのがよく分かりませんので、あの時のそれが果たして「恋」と呼ぶに相応《ふさわ》しいのか、よく分かりません。

思えば当時、右も左も恋だの愛だのと口にしていたので、「自分も誰かを好きにならなければいけない」といった義務感のようなものがあったようにも思います。

とまあ、こんな書き方をするとあまりにも当時の僕に失礼かもしれません。

多分、僕は僕なりに彼女が好きだったのだと思います。

僕が好きだったKさんはとても背の小さい人でした。

かく言う僕も背の順で前から三番目以内に入るほどだったので、背の高さ的にはそれなりにお似合いです。

彼女とは小学生の時から同じ学校に通《かよ》っていたのですが、一度も同じクラスになったことはありませんし、話したことも殆《ほとん》どなかったと思います。

好きになるきっかけは何だったのか、あまり覚えていないのです。

気が付けば、彼女のことを「可愛《かわい》いな」と思うようになっていました。

ある日、僕は彼女にラブレターを出しました。

そのラブレターは、今思い出してもかなり斬新なもので、自分と付き合えるか付き合えないか、『はい・いいえ』に丸を付けて答えてもらう選択方式で、そのままその手紙を返信にも使えるというとても利便性に優《すぐ》れたラブレターでした。

相手の手を煩《わずら》わせないという点において、目の付けどころは良かったと思うのですが、あえて欠点を述べるとすれば、僕の書く字がとても下手糞《へたくそ》だったことでしょう。

今であればパソコンとプリンターがありますので、明朝体《みんちょうたい》のフォントを使い、まるで結婚式の招待状の如《ごと》く美麗《びれい》に仕上げることが出来るのですが、その当時は気軽に扱えるような代物《しろもの》ではありませんでしたので、ミミズの這《は》ったような字を並べるのが精一杯でした。

彼女は、その世にも稀有《けう》なラブレターは使わず、新しい手紙を寄越《よこ》してくれました。

そこには、可愛らしい丸文字で、僕の申し出を断る旨《むね》と、彼女が今好きな人の名前が書かれていました。

とても誠実な人だったのだと思います。

僕が好きな人を明かしたのだから自分もと、秘密を明かしてくれたのでしょう。

Kさんの好きな人は、その頃僕と親交のあったT君でした。

T君は、修学旅行の班こそ別々でありましたが、同じアニメを観《み》て感想を言い合っていたので、仲は良かったのだと思います。

そんなT君がKさんの想《おも》い人であったので、僕は彼女の恋愛相談なんかにも乗りました。

ただ、殆ど恋愛経験のない僕の助言はたいして役に立たなかったでしょう。

T君はなんとなく、Kさんには興味がなさそうな感じがしていたのも知っていました。

好きな人の恋愛相談とはいえ、僕はKさんとやり取り出来ていることが楽しかったですし、あわよくば……という思いがなかったとは言い切れません。

しかし、多感な中学生時代。

あれよあれよというちに、目まぐるしく日々が過ぎていきます。

受験の時期を迎えると共に恋愛相談も少なくなり、僕は別の人を好きになっていました。

中学校卒業間際、一度、何らかのタイミングでKさんと話すことがあったのですが、彼女は思い切ってT君に告白し、そして振られてしまったことを伝えてくれました。

それからお互い別々の高校へ進学し、それ以降は連絡を取り合うこともありませんでした。

あれは中学卒業から五年ほど経《た》った、大学生活も後半に差し掛かっていた頃のことです。

実家にKさんからの手紙が届いていました。

どういう気持ちで僕に手紙を出したのかは分かりませんが、そこにはあの頃と変わらぬ可愛らしい丸文字で、今の彼女の状況がほんの少し書かれ、そして、あの頃と同じ熱量かは分かりませんが、T君のことを今でも好きだというようなことが書かれていました。

ひょっとしたらその時のKさんはとても疲れていて、自分を少なからず好意的に思っていた僕という存在が居たことを思い出してくれたのかもしれません。

僕は筆を執《と》り、本当に久しぶりに手紙を書きました。

相変わらず下手糞な字ではありましたが、勿論《もちろん》選択方式ではありません。

今は演劇に身をやつしている、というような現状報告を書いたと思います。

その手紙に返信はありませんでした。

それから今まで、Kさんとは会っていません。

聞くところによると、中学時代の同窓会が開かれているらしいので、ひょっとしたらKさんもその席に顔を出しているのかもしれませんが、僕は大学卒業後にかなりの引《ひ》き籠《こも》りになってしまい、それから今まで、周囲との連絡を絶《た》つ生活を続けていますので、今後会うことも多分ないと思います。

あの時の僕の想いが果たして恋と呼べるものだったかは今でも分かりませんが、あの頃からずっと一人のことを想い続けていられたKさんは立派だなあ、と感心しました。

それが幸せなことなのかどうかは、やはり僕には分かりません。

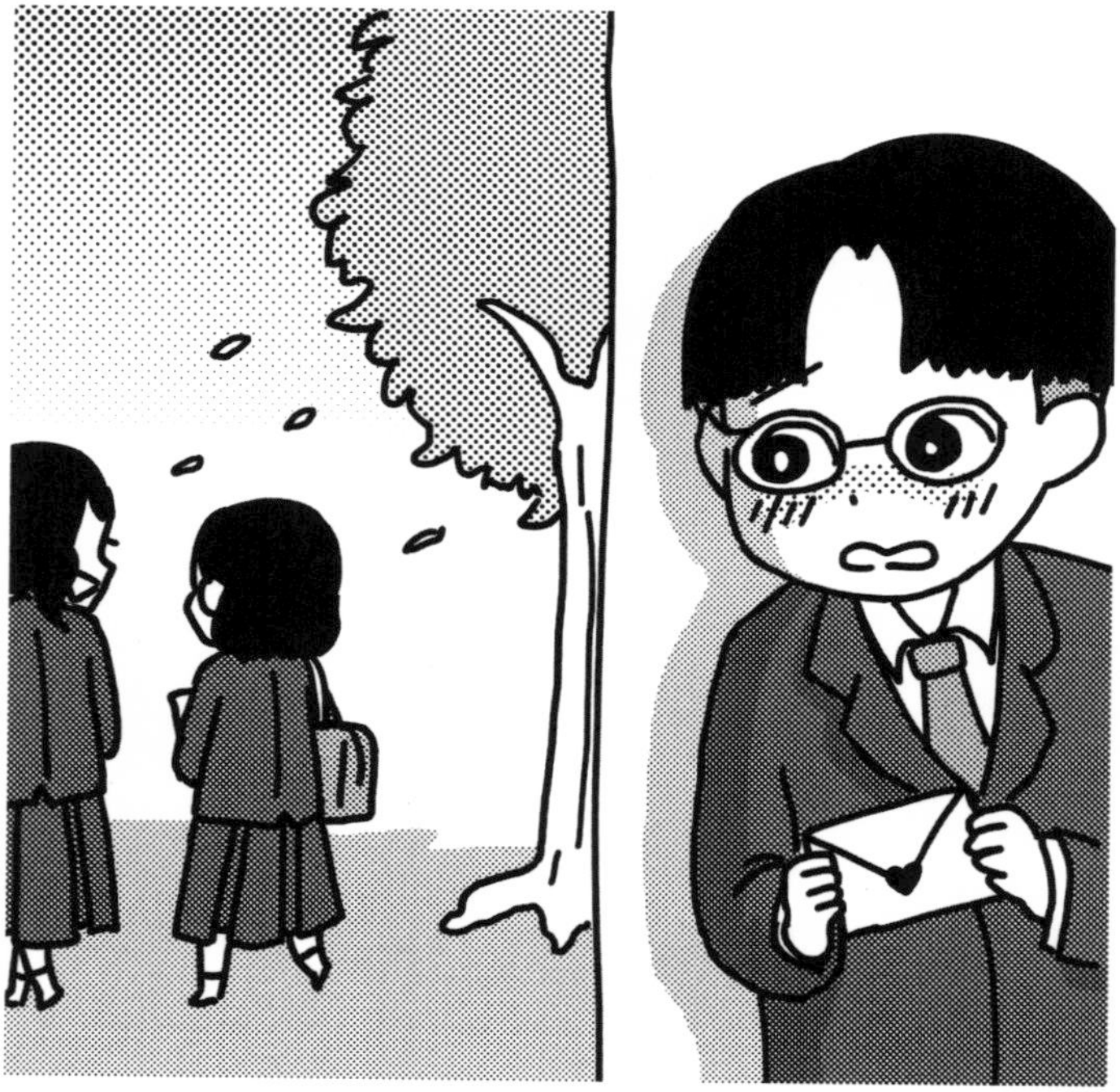

映画デート

大学受験に失敗し高校を卒業したあと、浪人生として過ごしていたのですが、その当時お付き合いをしていた女性とデートに行くことになりました。その人は福山雅治とジャニーズの滝沢秀明が好きな、見た目は大人しい雰囲気の子でした。彼女とは高校三年生の時にお付き合いをすることになりました。在学中こそ同じクラスにはなりませんでしたが、同じ中学校の出身だったことが、お付き合いをする最大のキッカケであったと思います。

僕が入学した高校には中学の同窓生は三人しかおらず、その内の一人はいつの間にか学校から姿を消していたので、実質的には僕と彼女しかいませんでした。ですから、話をするキッカケには困らなかったのだと思います。

「付き合おう」と言い出したのがどちらであったかあまり覚えていないのですが、当時流行《はや》っていて僕も持っていたポケットベル、しかし誰からも便りが送られてこないポケベルにメッセージが入ってくる！　というだけで、僕はとても楽しかったことを覚えています。

さて、彼女とのデートで映画を観《み》に行こう、と言い出したのは僕でした。

恋人たちのデートとして定番の映画鑑賞は、不慣れで間《ま》が持たないデートの時間を二時間ほど消費出来、更《さら》にその後共通の話題も出来るというとても凄《すご》い効果を発揮するものです。

あとは、適切なジャンルの映画をチョイスするだけなのですが、僕が選択した映画と言えば、『リーサル・ウェポン4』でした。若い恋人たちが観に行く映画であれば、例えば『タイタニック』ですとか、『ノッティングヒルの恋人』なんかがおあつらえ向きだと思うのですが、僕が選んだ映画はよりによって『リーサル・ウェポン』。しかも『4』でした。

リーサル・ウェポンは、メル・ギブソンとダニー・クローヴァーが出演している骨太のアクション映画で、娯楽映画としてはとてもいい映画なのです。いい映画なのですが、いかんせんシリーズの四作目。一九八七年に第一作目が公開され、そこから主人公たちになんやかんやあっての四作目です。おそらく彼女はこのシリーズを観たことはなかったでしょう。もっとも僕も全シリーズを観ていなかったのですが。

この映画を選んだ理由は、今回新たに悪役として出演しているジェット・リーというアクション俳優が好きで、彼を観たいがために選んだのです。元々ジェット・リーはリー・リンチェイという名前で香港《ホンコン》アクションスターとして活躍していたのですが、人気も高まりハリウッドへと進出したその第一作目がこの『リーサル・ウェポン4』でした。

彼女が好きなのは、福山雅治とジャニーズの滝沢秀明。

片や、メル・ギブソンとダニー・クローヴァーとリー・リンチェイ。

肉弾戦の対決であればリーサル・ウェポンサイドに分《ぶ》があるでしょうが、コンサートで振られる団扇《うちわ》対決（つまりは日本の女性人気）なら、大敗を喫《きっ》してしまいそうです。

つまりこの映画のチョイスは一〇〇パーセント自分の趣味であり、相手のことなど何も考えていなかったことが窺《うかが》えます。しかし、それでも娯楽映画なのですから、一緒に鑑賞すればその後の会話も盛り上がったはずです。

何故《なぜ》ここで仮定形なのかというと、僕らはその映画を別々に観たからでした。

待ち合わせの時刻、僕は映画館の前で待っていたのですが、持っていたポケットベル（東京テレメッセージのテクノジョーカー）に一通の便りが届きました。

『２１５２３９４７１３３３１２２６１１２４３４４４』

ポケベル世代ではない人は「なんのこっちゃ」と思われることでしょう。

僕が使っていた頃のポケットベルは、数字を二つ使って一文字に変換するという2タッチ入力機能で、カナ文字やアルファベット文字を送りあうことも出来るようになっていました。

例えばア行は「１」、カ行は「２」と最初の数字は行に対応しており、「ア」なら「１１」、「セ」なら「３４」と入力する必要があります。

当時、携帯電話は主流ではありませんでしたので、外出時などは公衆電話を使って、任意の数字を何度も押すことで文字情報をやり取りしていました。日本語対応表を持ち歩く人や、暗記している人が大勢いましたし、物凄い速度で文字を打ち込む名人みたいな人も散見され

ました。その日本語対応表にならって上記の文字列を変換しなおすと、

『カニNQウスイFアケセテ4』

なんのこっちゃ、と思われたことでしょう。

もう一つ、当時のポケットベルでカタカナを送信する際には特殊な操作が必要で、送りたいメッセージの前に「※2※2」と入力する必要があるのです。

ただ、急いで文字を打つとボタンを連続で押してしまい、結果として文字列がずれてしまい、訳が分からない数字の羅列《られつ》が送られてくる、という現象も多々発生していました。

前述の場合は「※2※22」と「2」を多く打ってしまったのでしょう。

本来、彼女が送りたかったメッセージは、

『オクレマスサキハイツテテ』

遅刻をしているので先に映画館に入っていて、という内容でした。

ポケベルに慣れている人は、打ち間違えた数字の羅列が送られてきても瞬時に解読出来るという、なかなかの名探偵ぶりを発揮していた人が多かったです。

さて、この場合どうするべきだったのでしょうか。

映画は間もなく始まってしまいます。しかし、彼女がいつやってくるかは分かりません。

そして僕はこの映画をとても観たいのです。そして、「先に入ってて」の文言。

当時の僕は、『一人で映画館に入る』を選択しました。

『今日は映画を観ない』とか『遅れて二人で入る』という選択肢も考えはしましたが、相手が「先に入ってて」と言うのだから、お互いの願望は一致していると判断したのです。

今思えば、それは遅れている後ろめたさからくる、こちらを気遣《きづか》った提案であったと思いますが、女心（女性に限ったことではないのかもしれませんが）の分からぬ当時の僕には、そこまでの考えには至りませんでした。

映画はとても面白かったです。

ジェット・リーもいい塩梅《あんばい》で活躍をしていて、大満足の映画体験でした。

映画が終わり、劇場が明るくなってから、離れた席に座っていた彼女と無事合流を果たしました。その時の彼女はなんとなく浮かない顔をしていたように思います。

映画館を出た後、僕はジェット・リーについて分かってもらおうと熱弁を振るったのですが、それも芳《かんば》しくない反応でした。僕は色んなことを間違えてしまったようです。

そして、この一件だけが原因というわけではおそらくなかったのでしょうが、その後しばらくして彼女とはお別れをすることになってしまいました。

彼女は今や二児の母として逞《たくま》しく生活されているようで、ややもすると肉弾戦でもリーサル・ウェポンチームに勝てそうな雰囲気がありますが、先日、彼女から連絡があり、「『タイタニック』も観に行った」とのこと。確かに、彼女のチョイスで観に行った気がしますが、僕は海に沈むディカプリオよりも、海中を漂《ただよ》うジェット・リーの方が好きだなと思いました。

第三章

ぼっちの愉しみ。

鉄塔好き

鉄塔が好きだと言うと、多くの人が怪訝《けげん》な顔をします。「何でそんなものを好きなのか、意味が分からない」といった表情です。なので、どこが魅力的なのかを張り切って説明するのですが、彼らはますます眉《まゆ》を寄せるばかりで、一向に好意的な印象を持ってくれません。僕が言う鉄塔とは、町中に立っている送電鉄塔のことであり、僕はそれらを眺《なが》めているのが好きです。鉄塔のあの武骨な表情、そしてぽつんと孤立している佇《たたず》まいが好きです。皆のすぐそばに立っているはずなのに、誰にも気付いてもらえず、褒《ほ》められもせず、ただただ静かに送電線を携《たずさ》えている姿には畏敬《いけい》の念すら感じます。

そんな鉄塔好きが高じて、鉄塔をテーマとした小説を書いてみたり、鉄塔を名義としてインターネット上で活動するようになりました。しかし、「見てごらん、あの三角帽子鉄塔はとても可愛《かわい》い造形をしているよ」と言っても、共感されることはありません。気のいい人が「ああ、はぁ」と返してくれるくらいなものです。気のいい人でこのレベルです。ややもすると「全く理解が出来ない」と言われてしまうこともあります。まるで『働く気

もなく、かといって家事もしてくれない駄目な男』と連れ添う女性に言い聞かせるかのように、「あれの何がいいのか理解出来ない」と首を振られてしまうのです。「でも……あの人も、いいところあるんだよ」と小さな声で呟《つぶや》く以外、反論の仕様がありません。鉄塔は四六時中働いているし、電気を運んでいるわけだから家事の大本《おおもと》を支えていると言っても過言《かごん》ではないので、その観点からいけば駄目な男どころか女性陣に大うけなはずなのですが……。また、世の中には『鉄道趣味』というものがあり、これが『鉄塔好き』と勘違いされがちです。

ある日、美容室へ髪を切りに行き、いつものように本に目を落としていると、美容師のお姉さんが僕に向かって言いました。

「それ、電車の話なんですか?」

僕は一瞬意味が分からなかったのですが、自分が読んでいる本のタイトルを見て納得しました。

僕が読んでいたのは『鉄塔 武蔵野線《むさしのせん》』というタイトルで、鉄塔をモチーフにした名作小説であり、『武蔵野線』は実際にある送電線の名称なのですが、それと同様の名前の鉄道路線があるのです。正直そっちの方がメジャーなので、美容師さんは勘違いをしてしまったのでしょう。勘違いの原因を理解したその時、鉄塔好きの僕は「あ、はい……そうです」と頷《うなず》いてしまいました。説明をする手間、したところで理解が得られるわけではないと悟り、説明しない、を選択したのですが、今でも少し後ろめたい気持ちになります。

鉄道と鉄塔は語感がほぼ同じですし、似た用語も多々あるのだから、勘違いされるのも仕方がない部分もあります。しかし、世間では鉄道好きの方が多く存在し、注目を集めているのも事実です。鉄道好きの人は『鉄《てつ》ちゃん』と呼ばれ、『鉄子』『鉄ガール』と呼ばれる鉄道好きの女性も居たりします。非常に羨《うらや》ましい限りです。

鉄道好きは、その人口が多いが故に悪評も目立ってしまうのが悲しいところでもありますが、「鉄道が好きなんです」と「鉄塔が好きなんです」という言葉を並べた時に、世間的に響きがいいのはおそらく『鉄道』の方でしょう。

しかし何故《なぜ》、鉄道好きの方が受け入れられているのでしょうか？

鉄道の方が、誰でも使う身近な存在だから、と思う方も居るかもしれませんが、鉄塔は日常生活を送るために必須である電気を流している、もっと身近な存在なのです。しかし、こんなにそばに居るのに、何故好きになってもらえないのか――。

それはおそらく『実用性』です。趣味の多くは、様々な恩恵を与えてくれるもので、「これは役に立つ趣味だな」と感じた時に、人は自然と好感を持つものです。映画が好きなら、面白い作品を紹介してもらえそう。カメラが好きなら、いい写真を撮ってもらえそう。パソコンマニアならば、回線に強そうだ――など、これらの趣味には様々な恩恵があります。

それが鉄道好きな人ならば、与えられる恩恵は乗換案内や観光案内などでしょう。

今では携帯電話一つで誰でも簡単に目的地へと辿《たど》り着けますが、例えば事故などで電車が遅延した場合、隣に鉄道好きな人間が一人居るだけで、迂回路《うかいろ》を瞬時に選択、最短ルートで目的地に案内してくれそうな気がします。更《さら》には、時刻表ミステリーというジャンルがあるように、アリバイ作りにも長《た》けており、いざという時、完全犯罪に一役《ひとやく》買えそうな雰囲気があるのです。

片や、鉄塔好きがもたらすものは何だろうと考えたのですが――驚くことに、これが一つも思い浮かびません。いやいや、何かあるだろう……と頭を捻《ひね》り、それを物語にしたのが、『君と夏が、鉄塔の上』という小説なのですが、鉄塔を役立たせんがために、神様や妖怪を持ち出してみたり、空を飛んでみたりと、とてもファンタジックな要素を孕《はら》む内容となりました。そこまでしなければ、鉄塔好きの鉄塔知識は役立たないのです。

最近、鉄塔好きが高じて、他の鉄塔マニアの方とお話しする機会をいただいたり、専門紙『電氣《でんき》新聞』に鉄塔に関する取材を受けたりと、個人的には非常にありがたいオファーをいただくことが増えてきました。鉄塔ばんざい。

とはいえ、おそらく今後も、理解されることは少ないのでしょう。しかし、いつの日か、大逆転が起こり、空前の鉄塔ブームが来る日を夢見つつ、僕は静かに過ごしていこうと思います。

ゲームの記憶

僕はゲームが好きです。

ここで言うゲームとは、今日もどこかで子供たちがお母さんに「ほどほどにしなさい！」と怒られながら遊んでいるであろう、いわゆるテレビゲームのことです。

今でこそ、ゲームはインターネットに接続して、離れた場所に居る誰かと一緒に遊べるものとなりましたが、僕が多感な頃はインターネットも黎明期《れいめいき》。父親がホームページ・ビルダーをお手本にしながら、変なＭＩＤＩのくっついたサイトをひそかに作成、誰かのページのキリ番をゲットしたらお礼を言っていたという時代であり、ゲーム機が世界に繋《つな》がるなんていうのは夢のまた夢。

基本的にゲームは一人で遊ぶものであり、誰かと遊ぶ場合は、その人を家に呼ぶか、あるいはその人の家に行って横に並んで遊ぶものでした。

僕も小学生の頃、誰かの家に遊びに行ってゲームをした記憶があります。

近所に住んでいたA君の家に、ファミコンソフトの『ダウンタウンスペシャル　くにおく

んの時代劇だよ全員集合!』を持って遊びに行きました。

これは「くにおくんシリーズ」のキャラクターが江戸時代の任侠《にんきょう》物語を演じたゲームで、二人で協力しながら敵を倒してストーリーを進めていくことが出来ます。味方同士のパンチやキックは当たらないので、ストレスなく戦うことが出来る爽快《そうかい》なアクションゲームなのですが、唯一、味方が投げた武器だけは当たるとダメージを受けるというシステムでした。

そしてゲームの中盤、大勢の敵と大乱闘している最中《さなか》、A君が投げた武器が僕の操作するキャラクターに当たってしまい、そこで死んでしまうという事件が起きました。幸いにもこのゲームには『ゲームオーバー』という概念がなく、やられたら所持金が減った状態で復活出来るので、すぐにプレイ再開。

すると、大乱闘を繰り広げる中、またもやA君が投げた武器が、僕の操作キャラクターに当たりました。

これが故意なのか、それとも事故なのか、混戦状態にあったので判別がつきません。

「あっ、ごめん」

A君は謝りました。

それがあまりにもアッサリしていたからでしょうか。

当時の僕は『今のはわざとじゃないか?』と思ったのです。

『A君は混乱に乗じてわざと僕を殺そうとしている』

『A君はこのゲーム内のお金を軽《かろ》んじている』

『そもそもA君は僕を軽んじている』

同じ思いを味わわせてやろうと思った僕は、A君に向けてわざと武器を投げました。

敵との戦いで体力を減らしていたA君は、僕の投げた武器のダメージで倒れ、しばらく明滅を繰り返した後、多くの所持金と共に消滅しました。

「あっ、ごめん」

僕はわざと軽々しく謝りました。

それが地獄の始まりです。

先述の通りこのゲームは『ゲームオーバー』という概念がなく、ステージの端に行ったりどこかのお店に入ったり、画面を切り替えることで仲間プレイヤーを復活させることが出来るのですが、強制的に味方を復活させてはそのキャラクターに武器を投げ、投げられた側もまた武器を手に取り投げ返すという凄惨《せいさん》で醜《みにく》い争いが始まりました。

二人ともいつしか無言になり、ゲームの目的を忘れ、画面内に居る敵を無視し、ひたすら相手を傷付けることに終始しました。

二人横並びで遊んでいるのに、一つも楽しくありません。

その日、どうやってゲームを終わらせたのかよく覚えていませんが、その日を境に僕がA君の家に遊びに行くことはありませんでした。

とても苦《にが》い記憶です。

その後の僕は『誰かと横並びでゲームをする』という行為から遠ざかり、一人でもくもくと遊ぶことが増えた気がします。

そして時代が進み、インターネットの発展と共にゲーム機も様々な変化を遂《と》げて、今では気軽に誰かと一緒にゲームが出来るようになりました。

大人になった僕もオンラインで様々な人とゲームを楽しんではいるのですが、ただ、少人数で誰かと競う対人ゲームだけはどうも苦手です。

ゲーム好きなら誰もが一度は通っているであろう『大乱闘スマッシュブラザーズ』や『マリオパーティ』といった大人気ゲームを通ってこなかったのは、やっぱりここ辺りが原因なのかもしれません。

反面、誰かと協力するゲームには、とても魅力を感じています。共に困難に立ち向かう種類のゲームは、やっていてとても楽しいです。

ひょっとすると、あの日のA君との大乱闘が影響しているのかもしれません。

あの時、僕の心がもう少し広かったら、あるいは違ったゲームライフを送れていたのかもしれないなぁ……と、今でも思い出すのでした。

一人遊び

最近、一人で映画館に行けない、一人でご飯屋さんに入れないなど、単独で行動するのが苦手だという方が一定数居るらしいとの情報を耳にしました。

僕なんかは大勢での食事が苦手で、むしろ一人で居ることに悦《よろこ》びを感じるので、人間というものは本当に多種多様な生き物だなと感じるのですが、では何故《なぜ》、自分は単独で行動していても、特に何も思わなくなったのだろう……と思い返したところ、それは、子供の頃に一人遊びをよくしていたからかもな、と思いました。

ぼっちは一人遊びが上手になります。

遊び相手が居ないのですから、自分で創意工夫をしなければなりません。どうすれば面白くなるか、どうすれば飽きないか、試行錯誤《しこうさくご》の積み重ねによって自然と一人遊びが上手《うま》くなっていくのです。そんな時、テレビゲームは最高のお供になるわけなのですが、例えば新しいゲームを買うのには当然お金がかかりますし、またある程度楽しんでしまうと新鮮味を取り戻すためにしばらく間を置くことが必要になります。また、「ゲームばかりして！」と親

に怒られる場合もあり、最悪の場合は電源アダプターを隠されてしまうケースに発展しかねません。さて、そうなると遊び方は『なるべくお金がかからないもの』に限定されます。

僕が実際にやっていた遊び方を一部挙げますと、左右の手を人間に見立てて戦わせたり、ボールペンを分解したり合体させたりというインドアなものから、小さなおもちゃのバスケットゴールを取り付けての一人バスケ、壁にボールを投げてキャッチする一人野球などのスポーティーな遊びもあります。

一人遊びのポイントは、自分好みのシナリオを創《つく》ることです。

ただぼんやりと遊んでいるだけではすぐに飽きてしまいますし、例えばスポーティーな遊びの場合、そもそも一人遊びをする人間は運動神経が優《すぐ》れていない場合が多いので、技術の向上を目的としてしまうと長続きしません。

そこで必要になるスキルが『ストーリーを創造する力』です。

分かり易《やす》い例を挙げると、一人バスケットであれば、弱小チームに所属した自分が強豪チームに挑む、といったようなストーリーを用意します。

そうすることで遊びの密度はグッと濃くなり、時間つぶしの単なる一人遊びでは終わらず、次の試合、そのまた次の試合と物語が繋《つな》がっていくものになるでしょう。

弱小チームなので、時には負けることもあるでしょう。

両チームの力量、そして試合の流れを真剣に考えれば考えるほど「これでは勝てない……」

という壁にぶつかると思います。そこで、起死回生の一手が閃《ひらめ》くのならばよいのですが、そうではなかった場合、無理に勝とうとしてはいけません。

勿論《もちろん》、勝つも負けるも自分の匙加減《さじかげん》なのですが、だからこそ嘘《うそ》を吐《つ》いてはいけないのです（そもそも自分はバスケットが出来ないという点には目をつむる）。

試合に負け、項垂《うなだ》れるチームメイトと共に、また練習に励みましょう（正確には練習風景を想像するだけです）。そうすることにより、貴方《あなた》のチームはより一層強くなることでしょう。

こんなふうに毎日繰り返しのように遊んでいたので、気が付けば一人遊びが上手になっていました。きっと、この積み重ねにより、一人で過ごすことが苦にならなくなってくると思います。ただ、唯一問題点を挙げるとするならば、一人で遊ぶのが得意になり過ぎて、常に協調性を求められたり、自分の想像通りに事が進まない『誰かと遊ぶ』という行為が下手糞《へたくそ》になってしまう点でしょうか。

誰かと共に時間を過ごすのもまた、訓練が必要なのだと思いました。


以前、『三人称』の雑談放送でこの話をした時、何かの番組に出演する、インタビューに答えるなどの一人遊びをやったことがあるというお便りが沢山《たくさん》届き、少し勇気をもらいました。ちなみに僕は、最近だとこのエッセイがそこそこ評判を呼んでいるというインタビューを受けていています。

誕生日改革

十二月二十四日、世間はクリスマス一色になりますが、その二日前の十二月二十二日は僕の誕生日です。

子供の頃、楽しみだった年中行事といえば、好きな物をおねだり出来る誕生日とクリスマス、そして直接お金が貰《もら》えるお正月といったところでしょう。

そんな三大イベントのうちの二つ、誕生日とクリスマスがあまりにも近い日に催《もよお》されるということで（なんならお正月も結構近いのですが）、いつの頃からか僕の誕生日とクリスマスが一緒くたに祝われるようになりました。

当然、貰えるプレゼントも一つです。

好きな物をおねだり出来るイベントが一つ減ってしまったことになりますが、両親にとって、出費がかさむイベントが畳みかけるように三回も連続するのは大変だったのでしょう。

しかも、我が家では毎年十二月中旬くらいに、親戚《しんせき》一同が集まるクリスマス会が開かれます。書道教室を開いていた祖母の部屋に座卓を並べ、七面鳥をほおばり、寿司《すし》をつまむとい

なります。

うなかなか豪華なイベントですが、このイベントの白眉《はくび》はプレゼント交換とアイス争奪戦に

老若男女問わず、それぞれ五百円くらいのプレゼントを持ち寄り、『きよしこの夜』を歌いながら用意したプレゼントを隣の人へ回していく、というのがプレゼント交換です。歌い終わった時に手元に回ってきたプレゼントが自分のものになる、というルールで、回している間にどのプレゼントが良さそうだなどと目星を付けたり、結構な盛り上がりを見せていました（余談ですが、いつの頃からかビンゴ大会に変更されました。おそらく、『きよしこの夜』がかなりテンポを取りづらい曲調で、タイミングを取れず渡すのが遅れてしまうお婆《ばあ》ちゃんの元にプレゼントが集結しがち、という点が上手《うま》く改善出来ないための変更かと思われます。父親が用意した小さなビンゴマシーンで抽選をするのですが「6」と「9」が似ているため、ちょっと混同しそうになるのが毎年恒例のささやかな笑いポイントになっています）。

アイス争奪戦は、予《あらかじ》め買ってきたサーティワンのアイスを、じゃんけんで勝った順に取っていくというシンプルなものですが、十人くらいの親戚家族が一斉《いっせい》にじゃんけんをするので、しばらく『あいこ』が続く、というのが恒例でした。

ちなみに、このアイス争奪戦がクリスマス会の締めのイベントなのですが、十分ぐらいずっと『あいこ』を続けているという、とても阿呆《あほ》……微笑《ほほえ》ましい家族がこの世に居るのだと思うと、ちょっぴり穏やかな気持ちになれるのではないでしょうか。

つまり、この時期のクリスマス会は我が家にとって結構な比重を占めているのです。

両親は共に働いておりましたが、それに加えて食事やプレゼントの用意、更《さら》に父親にはクリスマス会で食べるケーキを作るという大役《たいやく》もありました。そんな中、僕の誕生日まで何か準備をするとなると、これはもう両親にすればブラック企業のデスマーチさながらです。おそらくは両親の中で『働き方改革』がなされ、マネジメントを『最適化』させた結果、僕の誕生日とクリスマスを合同で祝おう、という流れに行きついたのでしょう。

大人になった今ならば、両親の選択にはかなり理解を示すことが出来ます。

しかし子供の頃の僕にとっては、おねだりイベントの消失はかなり手痛いものでした。

しかも、クリスマスの方に吸収される形になってしまっているため、僕の誕生日がないがしろにされている、と感じたのです。我が家はクリスチャンではないのに、僕よりもキリストを優先したのか……と思ってしまうのも、これは無理からぬことでしょう。

そこで僕が考えたアイディアは、『兄と一緒に祝ってもらう』というものでした。

僕には四つ年の離れた兄が居るのですが、彼の誕生日が十月十四日なので、その日に僕も生まれたことにしてもらえば、万事解決だと判断したのです。

これが僕の導き出した『最適化』でした。

両親からすると「自分の誕生日を変えたい」などと荒唐無稽《こうとうむけい》なことを言い出されたのですから、大変驚いたことだと思いますが、誕生日ケーキを改めて用意する必要もないし、前後に大きなイベントもないので、そちらの方が都合が良いと判断してくれたのでしょう。

この嘆願《たんがん》は見事に採用され、十月十四日が僕の第二の誕生日になりました。

第二の誕生日——まるで再誕したかのような文字列ですが、嘆願が受諾《じゅだく》された年から、僕は兄と共に誕生日を祝われ、クリスマスとは別に好きな物をおねだり出来るようになったのです。そんな僕の『最適化』は止まりません。

第二の誕生日が訪れると、僕が欲しい物を両親に伝え、両親はそれを与えるか与えないかの会議をし、与えて良しと判断されたものを購入しに出掛け、それを僕に渡す——というのが誕生日の一連の流れなのですが、僕はここを簡略化出来ると踏んだのです。

つまり、僕が欲しい物を両親に伝え、問題がないようならば両親は直接僕にお金を手渡し、僕はそれを握りしめてお店に買いに出掛ける——この流れこそが最短かつ最適なのではないかと考えました。両親にとってみれば、物品を買いに行くというのが一番の難関でしょう。

何故《なぜ》なら、その当時僕が欲しがった物と言えばファミコンソフトでしたが、両親からしてみればどのソフトも同じに見えたことでしょうから、店頭で困惑してしまうのは明らかです。しかも共働きでしたから、買いに出掛ける予定を作るのも一苦労でしょう。

勿論《もちろん》、両親が子供に物を買い与えるというのは、それだけで一つのコミュニケーションになりますし、その構図が大事だという意見もあるでしょう。それを不要と判断するというのはとても大胆な建議でありますが、これこそが僕が両親に提案する『働き方改革』でした。

この提案をされた時、両親がどう感じたのかは分かりません。ひょっとしたら、「なんとロマンのない子供なのか」とちょっと呆《あき》れていたかもしれません。しかし、僕は『自分の誕生日を変更してみせる』という剛腕《ごうわん》を振るう男でしたので、両親も「もう何を言っても聞かないだろう」と判断したのかもしれません。この提案も受け入れられ、それ以降、僕は自分の誕生日でもない日に両親からお金を受け取り、自分が欲しいものを買いに行くことが出来るようになりました。

この改革は、自分が欲しいものを自分のタイミングで手に入れられるというメリットがありますが、今思えばそれ以外にも良かったと思うことがあります。

近所にあった小さなゲーム屋さんで買い物をすることになるのですが、物の値段がハッキリと提示されているので、自分が欲しいものがいくらなのかを知ることが出来ます。また、目当ての物以外にも魅力的な商品が並んでいるので、「自分が本当に欲しい物はこれなのか……?」と何度も問いかけることになりますし、その結果として自分が購入を決断するのですから、買って後悔したとしても、全て自分の責任になるのです。ひょっとするとこれは、子供にとっての社会勉強の一端を担《にな》うことが出来る『改革』だったのかもしれません。

ちなみに、我が家では今もなお、クリスマス会が開かれていますが、この時期僕は繁忙期《はんぼうき》ということもあって、あまり参加出来ていません。

プレゼントが集まって大変なことになっていたお婆ちゃんはもう亡くなりましたが、その代わりに、兄はお嫁さんを連れてきますし、従妹《いとこ》は子供を連れて参加しており、『家族』という集合体の入れ替わりをしみじみと感じます。

僕だけが変わらず、特に誰も連れて行くこともないので、ちょっと肩身が狭い思いをしていたのですが、今年（二〇二〇年）の正月、年始の挨拶《あいさつ》に来た従妹の子供にお年玉をあげることにしました。この家族のために何かしたい、何かしないといけないという焦《あせ》りがあったのだと思います。お年玉袋の中にお金を包み、従妹の子供にあげました。

その時の子供の喜ぶ顔といったらありません。僕は初めて、この従妹の子供のおじさんになったような気がしました。

すると、元々あげる気などなかったはずの兄や母が、私もあげる、俺もあげると封筒を探し出してお年玉を渡し始めるのです。

子供の笑顔が見たいからとはいえ、全く現金なものだと思いつつも、一番初めに渡したのは僕だということを忘れないで欲しいと願いました。

ただ、お年玉は一度渡し始めてしまったら、かなり長い間やめることが出来ません。そして、自分がそうされたように、ある一定の年齢を超えた段階で、渡すことをやめねばならぬ時もくるはずです。その時の気まずい感じを想像すると、今から心苦しいので、ちょっと失敗したかな、と思わなくもありません。

第四章

突撃！一人ぼっち。

占い

二〇一九年十一月、人生で初めて、占いをしてもらいました。

まず初めに皆様にお伝えしたいことは、僕は占いをあまり信じてはいませんが、だからといって占い師の方、占ってもらっている方のことを悪く言うつもりは毛頭ありません。

占いによって救われるのならば、それは素晴らしいことだと思いますし、人をより良い未来に向かわせることが出来るのならば、その占い師さんは紛《まぎ》れもなく本物であると思います。

そんな僕が占ってもらおうと思った理由は、正直に言うならば興味本位です。

実のところ、前々から占いには興味がありました。

もし自分が占われたら、どんな言い方をしてくるのだろう、また、面白い占い結果が出れば、それをどこかで話したり、小説やエッセイのネタに出来るかも……なんていう下心もありました。

本来の占いの趣旨からは逸脱しているので、不快に思われる方もいらっしゃるかもしれませんが、占いに対するこのような興味の持ち方もあってもいいのではないかと思ってもらえ

れば幸いです。

早速とばかりに、インターネットを使い、最寄《もよ》りの繁華街《はんかがい》で一番人気がありそうな占い師さんを探し、アポイントを取りました。

やがて当日。繁華街を抜けた先にある、細長いビルの最上階へ向かいました。

中に入ると受付があり、その奥にはカーテンが引かれた小さな部屋がいくつもあるようでした。ビルの外観とは裏腹に、屋内はきっちりと清掃が行き届いていて、まるでマッサージのチェーン店のような雰囲気です。

受付の女性にカルテを手渡されたので、そこに必要事項を記入します。

名前と生年月日、そして出生時間を記《しる》す項目がありましたが、僕はしっかりと出生時間まで書き込みました。

前情報として、出生時間が分かるとより正確な結果が出ると知っていたので、前日に母にメールをして聞いておいたのです。

「占いに必要だから、出生時間を教えて下さい」

そう伝えたところ、母は何も言わずに母子手帳を探してくれました。

今思えば、小説のネタ探しで……と理由を伝えれば良かったかなと思っています。

その下には『仕事』『健康』『恋愛』『総合運』など様々な項目が並んでいました。

自分の占って欲しい事柄に丸を付けるようです。

僕はしばらく迷った末に『仕事』と『恋愛』に印を付けました。

これは別に、恋愛に悩んでいるとか、そろそろ四十になるのにこのまま独りで大丈夫だろうかと不安を覚えているとかそういうアレではなく、純粋に、僕という人間はどんな感じだと判断されるのだろうなと思ったからであって、決して本当にこれを聞きたかったというわけではないので誤解をしないで下さい。

やがて時間となり、僕は室内の奥へと案内されます。

カーテンを開くと、かなり狭い空間に机が一つと椅子《いす》が二脚置かれていて、奥には、おそらくは五十代中盤くらいであろう男性の占い師が座っていました。

その占い師は、四柱推命《しちゅうすいめい》でもなく、タロット占いでもなく、人のオーラが見える、という触れ込みで活動されていました。

オーラ、とは何なのでしょう。僕は霊感もなければ念能力者でもないので、全く分かりません。

分からないが故に彼を選んだと言っても過言《かごん》ではありません。

かなり人気の占い師らしく、テレビなどにも出演されていて、予約も殆《ほとん》ど埋まっているそうです。料金も二十分五千円と、他の方に比べて割高に設定されていました。

「どんな悩みですか?」

僕の書いたカルテを見ながら、占い師が尋《たず》ねます。

ここで偽《いつわ》ってもあまり望ましい結果には繋《つな》がらないと思っていましたので、僕は正直に文筆業をしていることと、彼女が何年も居ないということを伝えました。

「ふむ……」

占い師が低く唸《うな》ります。

やがて何かを悟ったように、彼は話し出しました。

「君の後ろ側に、大きな人物が見えるね。来年くらいにその人物から仕事を紹介してもらえると思う」

かなりはっきりと未来予知をされたので、僕は驚いてしまいました。

「紹介……ですか。はぁ、なるほど……」

そう答えはしましたが、僕の背後に居るらしき大きな人物というのが誰なのか、今のところ分かりません。不安げな僕を見て、占い師は続けます。

「私もね、テレビに出させてもらったり、本を書かせてもらったりと色々やっているけど、これも殆ど紹介によるものなんだよ。人の繋がりというのは大事なものなんだ。例えばパーティーなんかで、ちゃんと名刺を渡しているかい？」

僕はパーティーに出席することが殆どないのですが、そう言われれば、僕は普段名刺を持ち歩いてはいません。パーティーでも飲みの席でも大抵隅《すみ》の方で大人しくしています。そう告げると占い師は、

「ちゃんと渡して、繋がりを作らないと」と言うのでした。

占いというよりは、生き方講座みたいになってはいやしないか、と思いもしましたが、ここはグッと堪《こら》えます。

その後、映画の監修の話があった、とか、ラジオに出演することになった、というような、ちょっと自慢話に聞こえるような話があった後、

「結婚はしてないんだよね?」

ようやく本題の恋愛話に移りました。

「あ、いえ、まだ……」

「そうなんだ。ちなみに歳《とし》はどのくらい?」

自分の年齢を聞かれたのだと思ったので正直に伝えたのですが、

「いや、相手の。何歳下までは大丈夫?」

どうやら僕の恋愛対象となる年齢を聞いていたようです。

そちらも正直に伝えたところ、占い師は少し首を傾《かし》げました。

「女子プロレスラーは好き?」

「え?」

一瞬、占い師が何を言い出しているのか分かりませんでしたが、詳しく話を聞くと、どうやら彼と懇意《こんい》にしている女子プロレスラーが居て、彼氏が出来ないと占い師に伝えていたよ

うなのです。

その他にも、自分が仕事をしている出版社に出会いのない女性が居る、とか、様々な方を列挙していきました。

あれ？ 僕は結婚相談所に来たのかな？ と首を捻《ひね》りそうになりましたが、そんな僕を置いたまま、彼は自分のスマートフォンを取り出し、何やら操作し始めます。

「これがね、この間テレビに出た時の写真で、こっちがお笑い芸人さんと仕事した時の写真」

急に占い師の写真を眺《なが》めるコーナーが始まりました。写真が切り替わる度、僕は「はぁ、凄《すご》いですね」と相槌《あいづち》を打ちます。やがて、再び占い師の仕事の話になり、

「今度ラジオをやるって言ったけど、そこに出る？」といきなり出演依頼をされました。

「ああ、いや、どうですかねぇ。ありがたい話ですけど」

どう反応して良いものか分からなかったのですが、占い師は続けます。

「まあ、また今度ね、そういう話をしましょう」

なるほど、と僕は納得しました。

件《くだん》の女子プロレスラーも、このラジオ出演の話も、次回へと繋げる布石だったのでしょう。

また次も来てくれれば、もう少し進展しますよ、ということだと思います。

やがて時計のアラームが鳴りました。

「来年の一月くらいには、何かしらの大きな紹介があると思うので」

冒頭でも言われたことをもう一度繰り返し、時間一杯、終了となりました。

僕は「ありがとうございました」と頭を下げ、「これは何の時間だったのだろう……」と首を傾げながらビルを後にします。

その帰り道。

僕は重要なことに気が付きました。

占い師が言っていた、来年の頭ぐらいに僕に仕事を紹介してくれる人物……それは、あの占い師自身のことではなかったのか、と。

このまま足繁《あししげ》く占い師の元に通《かよ》い続ければ、何かしらの仕事、例えばラジオ出演のようなものと、そして女子プロレスラーを紹介してあげる、ということだったのではないでしょうか。

あの占い師が見ていたものは、彼自身の姿だったのです。

（オーラではなく、オラを見ていたのか……）

僕は「よく出来たお話だったなぁ」と感心してしまいました。

その後、この占い師さんの元へは行っていないので、女子プロレスラーと出会うことはありませんでした。また、年明けの一月になっても大きな紹介というものはありませんでした。何が足りなかったのかといえば、信心ではなく、多分占ってもらう回数なのだと思います。

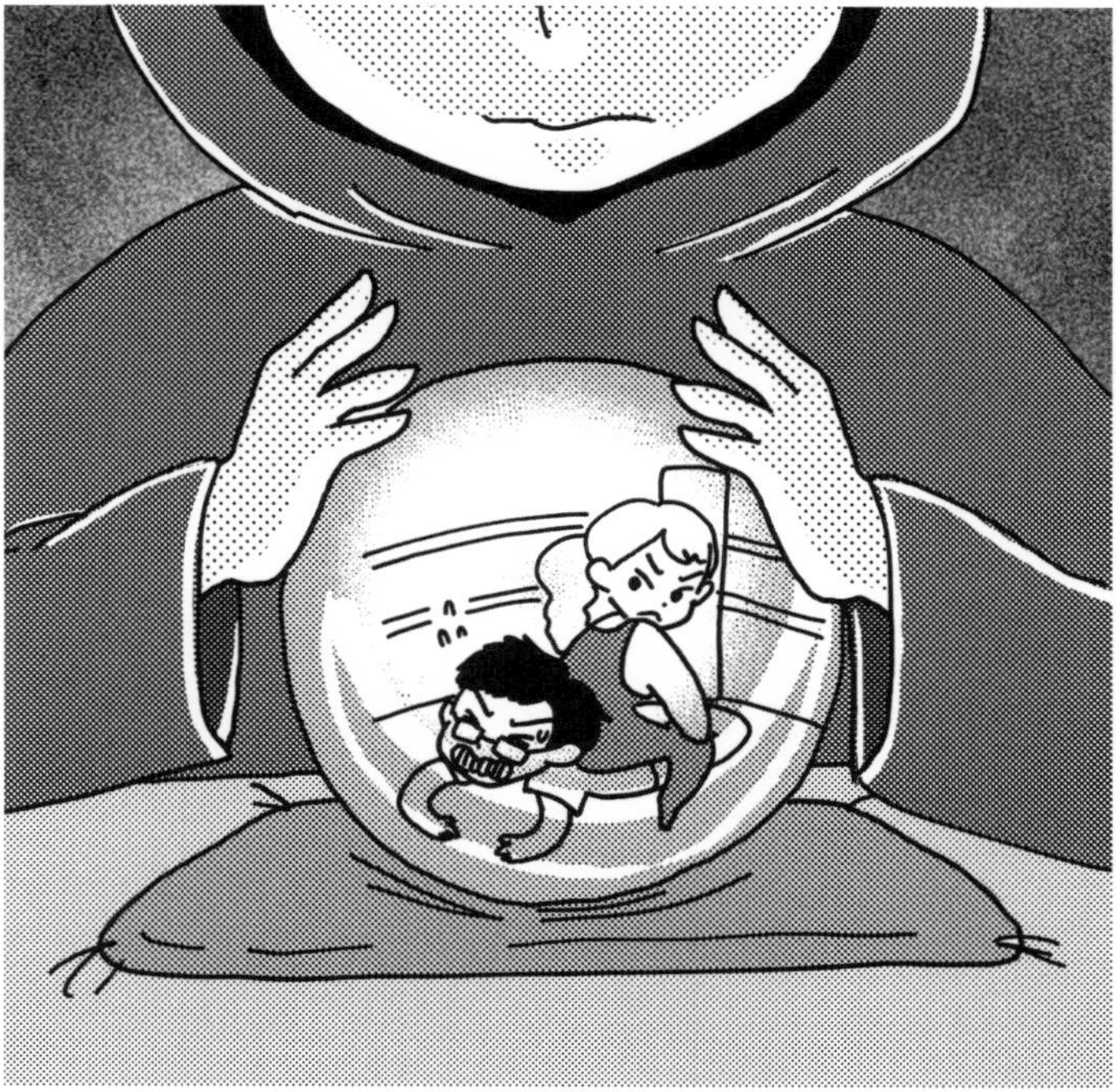

リアル型脱出ゲーム

リアル型脱出ゲームというものをご存知でしょうか？

とある会場に集まった参加者たちが、そこで出題される様々な謎《なぞ》を協力して解き、その場所から脱出するという体験型のイベントです。

二〇一九年の夏のこと。ポケットモンスター、通称ポケモンとコラボレーションした〈リアル脱出ゲーム〉が開催されていると知りました。

僕はだいぶ大人になってからポケモンが好きになったタイプで、若干歯止めが利《き》かなくなっている節《ふし》があり、この情報を聞きつけてからというもの「行ってみたい……」という思いが疼《うず》いていました。

しかし、リアル型脱出ゲームについて詳しく調べてみたところ、多くのイベントはその場で即席のグループを組んで謎を解くタイプのものらしく、大多数の人は仲のいい友達と、あるいは家族と、もしくは恋人と一緒に参加するのが常のようでした。

そして、このポケモン脱出ゲームも同様に、六人組を作って謎に挑戦するようです。ＳＮ

Sを見ると「友達と行った!」「家族で遊んだ!」などというものばかりが並んでいました。

さて、皆様はもうお気付きかと思いますが、僕にはそんな催《もよお》しに一緒に参加してくれる友達が居ません。

かと言って、まさかこの歳《とし》になって実家に居る家族に連絡し「ポケモン脱出ゲーム行きたい行きたい!」と駄々《だだ》を捏《こ》ねて連れ出すわけにもいきません。

(一人で行くしかないか……)

法律には疎《うと》いのですが、『一人でリアル型脱出ゲームに参加するのは禁止』という法律はないでしょう。

その証拠に、〈リアル脱出ゲーム〉のチケット購入ページを見ると、一枚から選択出来るようになっているので、これはつまり一人での参加も公式に認められているということに他なりません。

(やってやるぞ……!)

僕は意を決し、チケットを一枚予約。当然の如《ごと》く、一般のチケットより高額のオリジナルグッズ付きのチケットにしました。

さて、チケットを予約してからというもの、僕は常にソワソワしながら過ごしていました。

六人組なのですから、知らない人とグループを組まされることは確実です。そして、その人たちは、おそらく僕なんかよりもずっと若い人たちでしょう。

国民的人気ゲームであるポケモンとのコラボ。更《さら》には夏休み真っただ中なので、家族連れの参加者も多いでしょう。

もしも家族五人組と一緒になってしまったら、遠縁のおじさんのふりをしようかな……なんて心配していたのですが、この〈リアル脱出ゲーム〉は『ファミリーテーブル』と『スタンダードテーブル』の二つのコースに分かれているため、僕が参加する『スタンダードテーブル』に家族連れの人たちが紛《まぎ》れ込むということはなさそうです。

しかし、仲良し五人グループで参加することはあるでしょう。

もし、僕以外の五人が全員知り合いだったら？

いい歳の男が一人で来ていたら、引かれるんじゃないだろうか……？

その人たちがパーティーピーポーだったらどうしよう？

「えっ？　一人で参加してるんスか？」

「マジリアルぅー！」

「もはや伝説のリアルポケモンじゃね？」

などと言われてしまうかもしれません。

そんな彼らとちゃんとお話し出来るんだろうか……？

あれこれと想像して、その度に行こうか行くまいかと悩んでいたら、やがてイベント当日になりました。

(ええい、とにかく行くしかない!)

僕は自らを奮い立たせます。

会場へどんな格好で行くか悩みましたが、僕はポケモン関連のTシャツ(フシギバナというキャラクターが前面に大きく描かれている)を着て行くことにしました。

ポケモンの〈リアル脱出ゲーム〉ですから、折角《せっかく》ならばイベント感を出したかった……という理由もありますが、やはり一人で行くのですから、せめて「自分はポケモン好きです!」とアピールをしないと、「こいつずっと黙ってるけど何しに来たんだ」といよいよ冷たい目で見られるかもしれないと思ったからです。

つまり、このTシャツが「僕はポケモンが好きなだけで、隅《すみ》の方で静かにしていますが決して怪《あや》しいものではありません」という名刺代わりになるわけです。

本当ならば、ポケモンの中でも主役級の存在であるピカチュウのTシャツにしても良かったのですが、ちょっと可愛《かわい》さが溢《あふ》れ過ぎて周囲の人たちに引かれてしまうのではないか……と思案した結果、若干可愛さの面では落ち着いていると思われるフシギバナを選択しました。

それに、ずっと悪い想像ばかりしていましたが、良い方に転ぶ可能性だって十分にあるのです。

僕は作家です。作家とは言葉を操る職業です。ジャンルとしてはミステリー作家ではありませんが、小説の中に謎を登場させることもありますし、謎解きはそれなりに得意であるとの自負もあります。

例えば、運悪く僕以外の五人が顔見知りだったとしましょう。

しかし皆が出題された謎に頭を捻《ひね》っている中、僕がポツリと「この謎はこういうことじゃないですかね……」と答えを導きだしたらどうでしょう？

「この人……凄《すご》い……！　やっぱり一人で参加しているのは伊達《だて》じゃない！」

というような感じになるのではないでしょうか？

「マジ伝説じゃね？　つかマジ惚《ほ》れたんですけど……」

みたいにモテモテになる可能性だってあります。

そう考えると、俄然《がぜん》やる気が湧《わ》いてきました。会場へ向かう足取りも心なしか軽く感じます。


目的の場所は新宿歌舞伎町《しんじゆくかぶきちよう》。入り組んだ路地の先にあるビルの中です。

入場列に並んでいる際、僕はある恐ろしい事実に気が付きました。

脱出ゲームに参加する人たちの中に、ポケモン関連のグッズを身に着けている人がまるで居なかった――という事実です。

正確に記するなら、子供たちの中には、ポケモンの意匠《いしよう》が施《ほどこ》された衣服を身に着けている人も居ました。

しかし彼らはファミリーテーブル。僕と交わることはありません。僕と同じくスタンダードテーブルに参加する大人たちの中で、ポケモン関連のグッズを身に着けている人は、見る限り僕しか居なかったのです。

（これ、相当な浮かれ気分野郎だと思われるじゃないか……）

僕は慌《あわ》てて肩がけ鞄《かばん》を前方へずらし、Tシャツの模様を隠しました。

Tシャツに描かれたフシギバナは、背中から鮮やかな花が咲いているカエルのような姿をしているのですが、そのカエル部分を鞄で隠してしまえば、人から見える部分は花だけになり、「この人はハワイ帰りなのかな?」と思われるくらいで済むかもしれません。

係の人に案内された僕は、鞄を前方に抱え、やや前かがみの状態で、まるで盗難の被害を恐れている観光客のような姿勢で会場の中へ入ります。

会場内には沢山《たくさん》のテーブルが等間隔に置かれていました。その周りに並べられた椅子《いす》にはそれぞれ参加者が座っており、どの席に座らされるかで当日のグループが決定するようです。

僕が案内された席には、すでに四人の参加者が居ました。

年齢は大学生くらいでしょうか。四人とも男性で、どうやら友達同士のようです。大人しそうな見た目ではありますが、向こうから明るく挨拶《あいさつ》をしてくれるほど社交的であり、ホッと胸を撫《な》で下ろしました。

しかし、席に着くや否《いな》や係の人に「荷物は椅子の下に置いて下さい」と言われ、僕は軽く絶望しました。

指示に従い鞄を置くと、フシギバナが現れます。

なるべく自然体を装いつつ、可愛らしいTシャツを曝《さら》け出しながら席に座り、周りの様子を窺《うかが》いますが、僕がポケモンTシャツを着ていることに気が付いていないのか、誰も反応を示しませんでした。

（バレてない……良かった）

僕はホッと胸を撫で下ろします。

テーブルの周りには僕を含めて五人の男が座っています。このままの状態で始まるのかと思いきや、イベント開始時刻のギリギリくらいに、係の人に案内されて一人の男の人が僕の右隣に座りました。

見るからに好青年といった風貌《ふうぼう》で、「宜《よろ》しくお願いします！」という挨拶にも人当たりの良さが滲《にじ》み出ています。

（僕以外にも男一人で参加する人は居るんだな……）

ある種の仲間意識を抱きつつ、やがてイベント開始時間となりました。

まず、目の前に六枚のカードが配られます。そこには代表的なポケモンであるピカチュウ、リザードン、フシギバナ、カメックス、ニャース、トゲピーが描かれており、その横にはそれぞれのポケモンの必殺技や特徴が記《しる》されています。

「この中から一枚のカードを選んで下さい。貴方《あなた》はそのポケモンのトレーナーになります」

係の人にそう言われ、僕は真っ先にピカチュウのカードを見つめました。

「どれでもいいので、好きなのを選んで下さい」

と仲良し四人組の一人が勧めてくれます。

（出来ればピカチュウがいいな）

なんて考えていたのですが、

「貴方はフシギバナですよね！」

左側の男性が、笑顔でフシギバナのカードを手渡してくれました。

完全にTシャツを見られていたのです。

恥ずかしさのあまり俯《うつむ》いてしまいましたが、おそらく僕の顔には紅《あか》い花が咲いていたことでしょう。

「あ、じゃあ僕はピカチュウでいいですか？」

右隣の男性が颯爽《さっそう》とピカチュウを手にしました。

僕は手にしたフシギバナのカードを、ぶら下げるタイプのカードホルダーに入れます。

Tシャツとカード、二匹のフシギバナが僕の胸元に生息することになりました。

『フシギバナ大好きおじさん』の誕生です。

ここで、僕はすっかりメンタルをやられてしまったのですが、〈リアル脱出ゲーム〉はむしろこれから始まることになるのです。

さて、ピカチュウ、リザードン、カメックスといった人気ポケモンたちのカードがチームのメンバーに分配されると、お互いの自己紹介の時間となります。

とはいっても名前を名乗るというわけではなく、自分に手渡されたカードの内容を伝えることが主目的のようです。おそらく、ここに記されていることが後々の謎解きにおいて重要なヒントとなるのでしょう。

「僕は脱出ゲームは五回ほど成功しています。配られたポケモンはカメックスです。スキルは『ハイドロポンプ』で、特徴としては水の中を移動出来るみたいです」

「僕は三回くらい脱出に成功していて、配られたポケモンは――」

リアル型脱出ゲームにおいて、自己紹介時に『何回脱出出来たか』を伝えるのが基本なのでしょうか。確かに、この〈リアル脱出ゲーム〉の最終目標は『脱出』になるわけですから、名前や年齢なんかよりも『脱出経験』こそがチームにとって有益な情報なのでしょう。

「僕は、脱出ゲームは初めてです。フシギバナのスキルは『はっぱカッター』で、特徴は、ええと……背中の花からいい匂《にお》いがするみたいです……」

ここで嘘《うそ》を吐《つ》いても仕方ありません。僕は正直に『リアル型脱出ゲーム初心者』であることを告げました。しかし、そんな男が次から次へ難問を解いていく姿というのは、いかにも主人公然としていて、上手《うま》く行けば皆から羨望《せんぼう》の眼差《まなざ》しを向けられることでしょう。

さて、次に自己紹介するのは僕の右隣の男性です。

彼もまた、僕と同じく孤高の人間。難問を前に皆が困り果てている時に、スッと答えを出すことでこのチームを勝利へと導く役目――僕のライバルとなるのはおそらく彼になるでしょう。

では、その実力はどんなものだろうと様子を窺っていると、やがて彼が口を開きました。

「宜しくお願いします。僕は脱出ゲームは五十回くらい成功していて……」

その数字にグループ内がどよめきました。

僕以外の皆が脱出ゲームを経験し、脱出に成功しているようですが、まるで桁《けた》が違います。

「五十回!?」

「五十回は凄いですね！」

彼はとんでもないプレイボーイだったのです。

「いやいや、回数だけですよ……」

しかも、称賛の言葉を受けて謙遜《けんそん》する姿は実に自然で、『王者』の雰囲気すら漂《ただよ》わせていました。

ライバルはやはり彼なのだと、僕は一層気を引き締めました。

孤高の初心者vs.孤高の王者の戦い。

字面《じづら》だけ見れば、どちらが勝つのかは火を見るよりも明らかです。

確かに、僕にはリアル型脱出ゲームの経験がありません。しかし僕には、おそらくは彼よりも長く生きてきた人生経験があります。

それに、リアル型脱出ゲームに慣れていない僕だからこそ閃《ひらめ》けるもの、型に囚《とら》われない柔軟な思考というものがあるはずです。

僕は密《ひそ》かに闘志を燃やしました。

それぞれのテーブルで自己紹介が一段落付いたのを見計らったかのように、部屋の中に一人の女性が走り込んできました。

黄色い帽子を被《かぶ》り赤い上着を着こんだ彼女は、いわゆる『ポケモントレーナー』と呼ばれる格好をしています。この〈リアル脱出ゲーム〉の進行役である彼女が、我々参加者がこの一室に閉じ込められた理由、そしてこの脱出ゲームにおけるルールを説明してくれます。

「じゃあ、フシギバナのトレーナーのみんな、立って！」

進行役の女性が声高らかに言いました。

会場内がざわつきます。

フシギバナのトレーナーとは、先ほど受け取ったフシギバナのカードを胸にぶら下げ、更にフシギバナのTシャツを着ている『初心者フシギバナ大好きおじさん』こと僕です。

僕を含めた各テーブルのフシギバナトレーナーたちがおずおずと立ち上がりました。

お姉さんのテンションから察するに、大人ではちょっと恥ずかしいと感じてしまうことをさせられるに違いありません。

「ポケモンにはそれぞれ必殺技があって、トレーナーはポケモンたちにスキルを使う指示を与えることが出来るんだ！　じゃあみんなで元気よく言ってみよう！」

すると、方々《ほうぼう》に設置された小さなモニターに僕らが言うべき文言《もんごん》が表示されました。

「いけぇっ！　フシギバナ！　はっぱカッターだ!!」

お姉さんが叫びました。

「い……いけぇ……フシギバナぁ……はっぱカッターだぁ……」

僕も小さく声を発します。

「……なんだか元気がないなぁ。そんなんじゃポケモンたちに届かないよ!?　もう一回やってみよう！」

最早《もはや》この手の催し事ではお決まりであろう台詞《せりふ》ですが、お姉さんは不満げに再度トレーナーたちに声を出すことを促《うなが》しました。

ここで、このポケモン脱出ゲームがよく考えられているなと感じたのは、大人が参加するスタンダードテーブルと子供たちが参加するファミリーテーブルが同じ場所に居る、ということでした。

子供たちは周囲の視線など気にせず、元気いっぱいに声を発します。

すると、周りの大人たちも、その熱気にあてられて自然と声を出せるようになるのです。

羞恥心《しゅうちしん》は置いておいて、今は童心に帰ろう――そんな気持ちになりました。

さて、そんな余興も含んだルール説明も終わり、いよいよ脱出ゲームの開始です。

制限時間は六十分。あまり時間はありません。僕らはテーブルの上に置かれた用紙を素早くめくります。

〈リアル脱出ゲーム〉は、その難易度の高さも話題の一つとなっているようで、このポケモン脱出ゲームもなかなか手ごわいとの評判でした。

終盤に訪れるであろう思考時間を要する難問のことを考えると、とにかく一問でも早く解くに越したことはないはずです。

誰よりも早く口火を切ったのは、僕の右隣にいた王者でした。

「これは……答えは〇〇ですね。こうなってこうなるので」

「こっちの答えは△△じゃないでしょうか。ここがヒントになっているので」

王者は次々と問題を解いていきます。その速度たるや、僕だけでなくチームの経験者たちも驚愕《きょうがく》するほどで、僕に至ってはまだ問題を読んでいる最中でした。

「凄いですね……！」

「さすがは五十回！」

驚嘆と称賛が入り混じった声が方々から上がります。

「いや、本当に回数をこなしているだけなんで。数をこなせば誰でも出来ますよ」

王者はここでも謙虚でした。

冴《さ》えわたる頭脳で次々に謎を解き、皆の羨望を集める。

（これは僕がなりたかったやつ……！）

ピカチュウだけでなく、皆の羨望までをも手中に収めた彼を、僕とフシギバナは指をくわえて見つめていました。彼の胸元で揺れるピカチュウもどことなく誇らしげに見えたのは、気のせいばかりではないかもしれません。

そんな調子で我々のチームは次々と問題を解いていき、周囲のどのチームよりも先行しているのは明らかでした。

しかし、僕もただ指をくわえていただけではありません。『初心者フシギバナ大好きおじさん』だからこそ出来ること――それを見つけていました。


すでに解き終わった問題用紙をテーブルの下の籠《かご》へと移す。

一つの問題に回答すると、それを頼りにメンバーが部屋の方々へと向かい、次の問題を入手して来ます。すると当然、テーブルの上はいくつもの問題用紙で溢れかえってしまうのです。

なので僕はこの作業を率先して行うことにしました。

多分、チームにとってとても大事なことをしていたと思います。

勿論《もちろん》、こんな『初心者フシギバナ大好き問題整頓おじさん』の僕にだって、回答をする機会がなかったわけではありません。

ある時には、大量な問題が一気に提示され、それぞれメンバーで分担して解かねばならないという瞬間があったのです。

僕は割り振られた問題を見事解き、「どうだ!」と提出したのですが、その間にも他のメンバーは次の問題へと着手していたため、褒《ほ》められることはありませんでした。

皆が問題を解き終わり、どうしてその回答になったかを、それぞれ手早く解説します。僕は彼らが解いた問題を手に取り、よく出来た問題だなぁと眺《なが》めていたのですが、

「大丈夫ですか? この回答になったのは、こういう意味で……」

王者は僕に問題の解説を始めてくれました。

おそらく、僕がまじまじと問題を眺めていたので、

『この人はひょっとすると問題の意味が分かってないかもしれない』

と感じたのでしょう。

『誰一人欠けることなく、みんなでしっかり攻略するんだ!』という王者の優しさが突き刺

さります。

僕は小声で「あ、大丈夫です分かります……」と呟《つぶや》くことしか出来ませんでした。

そんなこんなで最終問題まで解き終わった時には、残り時間があと十分になっていました。

最終問題の回答を提出すると、係の指示で制限時間まで席で待つことになりました。

先ほどの答えが正解であったのか、そうでなかったのかは、答えを提出してもまだ分からないというのも気が利《き》いています。

やがて進行役のお姉さんが登場し、脱出出来たチームの発表となりました。

ファミリーテーブルは結構な数のチームが脱出していましたが、ファミリーテーブルよりも問題の難易度が高いスタンダードテーブルのチームは数えるほどしか脱出に成功出来ていませんでした。しかし、我々のチームは見事に脱出に成功。

王者をはじめ、チームの皆に笑顔がこぼれます。

僕もまた、自分が役に立てたかどうかは疑問が残るとはいえ、初めてのリアル型脱出ゲームでクリア出来たことに喜びを感じずにはいられませんでした。

勝利の喜びもそこそこに、「ありがとうございました」と王者は立ち上がり、颯爽と去っていきます。

その姿はまさに主人公でした。

おそらく彼は、また別のリアル型脱出ゲームに向かうのでしょう。

そして、いくつものチームを見事脱出に導くことでしょう。


僕もまた、チームメンバーにお礼を言い席を立ちます。

そのまま帰ろうかと思ったのですが、帰り際にポケモン脱出ゲームの看板と写真撮影をしてもらえるスペースがあり、折角の記念だから……と一人で撮影してもらうことにしました。

写真を撮ってくれるのは、進行役のお姉さんでした。

「一人でも大丈夫ですか……？」

そう尋《たず》ねると、お姉さんは「勿論！」と明るく返事をしてくれます。

お姉さんは僕のTシャツを見るなり「フシギバナ、いいね！」と声をかけてくれます。

「フシギバナの人形もあるから、持って！」

お姉さんが指をさしたテーブルの上に、沢山のポケモンの人形が並んでいました。

僕はその中から、今日という日を共に戦い抜いたフシギバナの人形を手に取ります。

（どうせなら、脱出に成功した証《あかし》として『脱出成功』と書かれたボードも持ちたい）

（あとピカチュウの人形も持ちたい……）

気が付けば、右手にボード、左手にピカチュウとフシギバナを抱えた、ぎゅうぎゅうの状態になっていました。

レベルが一つ上がった『ポケモン大好きおじさん』の誕生です。

撮影の順番を待つお客さんの視線が刺さります。お姉さんの笑顔も刺さります。

この〈リアル脱出ゲーム〉で一番恥ずかしい瞬間は、脱出後に待っていました。

こうして、僕のポケモン脱出ゲームは幕を閉じることになったのです。

もっと活躍したかった、もうちょっとゆっくり問題を解きたかった等々、思い残すことは多々ありますが、それなりに楽しむことが出来たので良かったのかな、と思います。

その後、スマートフォンのAR（拡張現実）という機能を使った謎解きゲームにも参加してきました。一人でも参加可能、実際の渋谷《しぶや》の街中を練り歩くタイプのもので、誰に気を遣《つか》わずともよかったのは気が楽でしたが、渋谷で一人。何故《なぜ》か足取りは重かったです。

皆様がもしリアル型脱出ゲームに行かれた時、一人で参加している人がとても物静かだったとしても、「色々あるんだろうな」と察してもらえれば幸いです。

事故

なるべく事故のないよう気を付けながら日常を過ごしつつも、人生そのものがやや事故気味である僕ですが、二十代後半の頃、実際に交通事故を起こしてしまったことがあります。先に説明しておくと、いわゆる自損事故というもので怪我人《けがにん》は僕一人になります。勿論《もちろん》、だからいいというものではありませんし、筆者は十分に反省しているという点を踏まえていただければと存じます。

僕は大学卒業後すぐに普通自動二輪免許を取得し、一時期はバイクに乗っていました。乗っていたのはカワサキのエストレヤＲＳというバイクで、各部にクロームメッキが施《ほどこ》され、タンクの中央には星型のエンブレムが光る格好いいバイクでした。

大学でお世話になっていたゼミの教授に誘われて児童劇団の旗揚げに参加し、初公演に向けて日々稽古《けいこ》をしつつ、新宿にあるレストランでアルバイトをしていたのですが、その行き帰りのお供にと購入したのがこのバイクになります。

おろしたての新車をぶいぶい言わせながら、埼玉の自宅と新宿を行き来していました。

あれはクリスマスも近くなってきた十二月の中旬。

深夜一時頃まで働き、仕事帰りの僕は疲れた体をバイクに預け、国道を走っていました。

真冬の深夜ですから、寒さ対策のために上下に何枚も衣服を重ね着していました。更《さら》にその上からダウンジャケットを羽織《はお》るという徹底ぶりで、着ぶくれも甚《はなは》だしい姿であったと思います。

自宅までの道程《どうてい》を三分の二ほど過ぎた辺りでしょうか、国道沿いにポツンと黄色い車が駐車していました。

まっすぐ延びた障害物のない国道に暗闇《くらやみ》でも目立つ黄色い車。

普通は気が付きます。

しかし、僕はその黄色い車に思い切りぶつかりました。

「黄色い車があるぞ」と認識したのは車体がぶつかるほんの数秒前で、ハンドルを切った時にはすでに遅く、バイクの前輪は車のリアバンパーにぶつかり、僕の体は空中へと放り出されてしまったのです。

ぶつかる直前、そしてぶつかってからの数秒間の出来事は、今でもよく覚えています。

空中を飛んでいるなあ、なんて呑気《のんき》に思ったのもつかの間、僕の体は地面へと叩《たた》きつけられ、そのままアスファルトの上をごろごろと転がりました。

（これはやってしまった）

事故直後も僕は案外冷静で、自分が自動車にぶつかり、国道の真ん中に倒れていることは理解出来ていました。

深夜の国道は貨物トラックの往来があるものです。このままの状態だと危ないと判断した僕は、すぐに立ち上がり、とにかく道路脇《わき》へと歩きました。

不思議と、たいした痛みは感じません。

ヘルメットはフルフェイスのものを使用していましたし、件《くだん》の過剰なまでの重ね着がクッションになってくれたのかも、などと思っていました。

路肩へ移動し、とりあえず平気そうだぞ、これからどうしよう、なんて考えたのもつかの間、突然左足に痛みを感じ、膝《ひざ》の力が一気に抜けて僕は道路脇へ仰向《あおむ》けに倒れ込みました。

これは後ほど発覚したことですが、左足の甲の骨にヒビが入っていたそうです。

靴下ももっと重ね着しておけば、あるいは大丈夫だったのでしょうか。

そこでどれぐらい倒れていたのかはハッキリしませんが、深夜の国道だというのに、気が付けば幾人かの人が僕を取り囲んでいました。

おそらくはバイクがぶつかった音がとても大きかったのでしょう。近隣の方々が何事かと出てきてくれたのだと思います。

「大丈夫か？」

声をかけてくれたのは中年の男性でした。

ぐわんぐわん、と耳の奥で音が鳴っていましたが、問題ないことをアピールしようと仰向けになったまま返答します。

「あ、はい……大丈夫です」

「誰かが救急車呼んでるみたいだし、バイクは寄せておくから」

「あ、ありがとうございます……」

そっと首を持ち上げてみると、別の男性が僕のバイクを道路の脇へと運んでくれていました。また、携帯電話を耳に当てている人の姿も見えます。

僕はこんなにも、他人の存在がありがたいと感じたことはありませんでした。見ず知らずの僕に対して助けようと手を差し伸べてくれているのです。

「実は俺も、昔事故っちゃったことがあってねぇ……」

「あぁ……そうなんですか」

「骨折っちゃってさ。痛かったなぁ」

「はあ……」

おそらくは「事故に遭《あ》っても大丈夫だよ」という意味なのだと思いますが、現在進行形で耳鳴りがしている中、この昔話をどう聞けばいいか分かりませんでした。

やがてサイレンの音が近づいてきて、救急車が到着します。

救急隊員の方々が迅速《じんそく》に動いて下さり、僕はあっという間に担架《たんか》に乗せられ、車内へと運ばれました。

「この指が何本か分かりますか？」

「お名前は分かりますか？」

「ご自宅はどこですか？」

ゆっくり丁寧に質問が投げかけられます。

意識は正常でしたので、それらにしっかりと受け答えをすることが出来ました。

「羽根が……」

救急隊員の一人がそう呟《つぶや》きました。

何のことだろうと自分の体を見ると、確かに僕の体には白い羽根が沢山《たくさん》くっ付いていていましたし、車内にも少し羽毛が舞っていました。

防寒対策に羽織っていたダウンコートは、どうやら事故の際に破れてしまったらしく、中の羽根が舞い散っていたのです。

「ご家族の連絡先は分かりますか？」

「あ、ええと……０４８の……」

「羽根が……」

「どこか痛むところはありますか?」

「耳の奥が……」

「ダウンの羽根が……!」

やたらとダウンの羽根を気にされている隊員を他所《よそ》に、やり取りを終えた救急車は搬送先へと走り出します。サイレンを鳴らしながら、右へ左へと走り抜けた先は、家から少し離れた場所にある総合病院でした。

隊員は僕を乗せた担架を降ろすと、待ち構えていた医師たちに状況の説明をします。バイクの事故であること、意識はハッキリとしていること、耳鳴りがすること、そして体に羽根が沢山付着していること。

例の隊員はまだ気にしていたようで、「羽根が付いていています」と付け加えるように医師に伝えていました。

「もう羽根はいいよ!」と言いそうになりましたが、きっと羽毛がまとわりついていると色々と処置しづらいということなのでしょう。

冗談のように聞こえますが、実際はもっと羽根を連呼していたので、あるいは極度の羽根アレルギーであったのかもしれません。

さて、運ばれた病院で様々な診察を受けた後、医師から告げられた僕の病名は以下の通りです。

・脳挫傷《のうざしょう》
・くも膜下出血《まくかしゅっけつ》
・中足骨骨折《ちゅうそくこっせつ》
・頭がい骨骨折

病名を列挙された時は、流石《さすが》に血の気が引きました。

しかしそのどれもが軽度なもので、あえて表現するならばこうなる、というようなことをおっしゃっていたような気がします。

入院をすることにはなるが、一週間ほどで家に帰れるとのお言葉もいただき、ほっと一安心したものです。

病院では車椅子《くるまいす》を貸し出されましたが、基本的にはずっと病室のベッドで寝ていました。

十二月中旬から一週間の入院だったので、十二月二十二日の誕生日もクリスマスも寂《さび》しく病院で過ごすことになります。

その時期に女性の看護師さんが病室を訪ねてくれたので、ひょっとしたら何かお祝いをされるのではとひそかに期待していたのですが、用意されていたイベントは『尿道に管《くだ》を通す』というものでした。

四六時中寝ていたので、立ち上がってみれば眩暈《めまい》と吐き気に襲われ、上手《うま》く排尿出来なくなっていたのです。

元々、誕生日もクリスマスも何も予定が入っていなかったので、むしろ病院関係者が近くに居たぶん賑《にぎ》やかだったと言えなくもないですが、吐き出したため息が病室内に響いたことは忘れられません。

更に、退院後には所属している児童劇団の稽古があったのですが、しばらくの間は松葉杖《まつばづえ》が手離せないので、役者としての稽古が出来なくなってしまいました。

僕は役を外されることになりましたが、しかし立ち上げメンバーなのだから裏方《うらかた》に回すわけにもいかないと判断された結果、『舞台上でサンプラー（キーに割り当てられた効果音を出す装置）を押す人』という不思議な役を任されることになりました。

全ては自己責任です。

もっと運転に気を付けていればこんなことにはならなかったのに、と後悔しない日はありません。全国の運転手の皆様、是非とも安全にはお気を付けて楽しいドライブライフを送って下さいませ。

ちなみに僕のバイクは、ぶつかった衝撃から前輪が後退し、中輪と呼んだ方がいいぐらいの位置に来てしまい、そのまま廃車となりました。

この事故以来、僕はバイクに跨《またが》っていません。いつかまた、しっかりと心に余裕をもって街中を走れる日がくればと思いつつ、今は電動アシスト自転車に跨る日々です。

奢りたい

誰かと共に過ごしていると、食事などを奢《おご》ってもらったり、あるいは奢ってあげたりするシーンに遭遇《そうぐう》するかと思いますが、僕はこの『誰かに奢る』という行為がとても苦手です。

お金と心にいくらかの余裕がある時などは、「今回は奢ってみようかな……」なんて気分になるものだと思いますが、では一体どう切り出せばよいか、よく分からないのです。あれこれと考えているうちに時が過ぎ、結果として機を逸《いっ》してしまい、会計が済んでしまうということも多々ありました。

一体どうして苦手なのだろうと自ら分析してみたところ、単純に慣れていないからなのではないか——つまり『ぼっち』であるからなのだという考えに至ります。

誰かに奢る場面といえば、例えば食事の席で、先輩が後輩の食事代を持つというのが一般的なケースなのでしょう。これは特に体育会系ですとか、お笑い芸人の世界では顕著《けんちょ》だと耳にしています。

しかし僕は今まで先輩・後輩との付き合いが殆《ほとん》どなく、たまに参加させてもらう飲み会の

席などで、自分の立場が極端に上だったり下だったりしたことがなかったのです。

また、大学卒業後しばらくの間は気ままなアルバイト生活でありましたし、その後には働きもせずに引《ひ》き籠《こも》っていた時期があったので、なかなか奢る側には回れなかったというのも大きな理由でしょう。

つまり、そもそも誰かに奢れるような立場に居なかったということになります。

しかし、こんな僕でも奢られる側に回ったことは何度かありました。

引き籠り期間を終えて、様々な仕事に挑戦する中で、学生時代の知人から紹介してもらった『スマートフォンやタブレットの使い方を教える』という仕事で地方を回っていたのですが、その知り合いは歴《れっき》とした会社員であり、片や僕はフリーターという身でしたので、気を遣《つか》ってくれたのか、仕事の後の食事代はいつも多めに支払ってもらっていました。

その時のありがたさは忘れることが出来ません。

また、奢ってくれる人が見せる『このくらい何てことはない』という表情、支払いに向かう自然な素振《そぶ》りがとても洒脱《しゃだつ》に見えて、いつの日か、僕も誰かに気前よく奢ってみたいという願望を抱いていました。

しかし、普段誰とも会わない、飲み会に誘われても参加しないという『ぼっち生活』を送っていると、そもそも奢る機会に遭遇することがありません。フリーターとしてある程度収入を得るようになっても、それは変わりませんでした。

そんな僕にチャンスが訪れたのは、二十代後半の頃、前述の仕事を手伝っていく中で、まだ作家としてデビューは出来ていませんでしたが、賞レースの最終選考に残るようになり、ちょっとずつ形になっていき、金銭的にも精神的にも少し余裕が出てきた時のことです。

学生時代に交友のあった女性と、久しぶりに食事に出掛けることになりました。

小田急線沿線のとあるレストランで食事をし、軽く近況報告などをして解散となったのですが、わざわざ僕のような人間を呼び出してくれたお礼にと、ここの支払いを全て持つことにしました。

いざ、伝票を持ち会計に向かおうと立ち上がったその瞬間、彼女は僕を制して言いました。

「どうして？」

僕は一瞬、彼女が何を言っているのか分かりませんでした。

しばらくして、どうして奢ろうとするのか、という意味なのだと分かりましたが、まさかそんな反応が返ってくるとは思わず、また気の利《き》いた理由を用意することも出来なかった僕は、情けないことにおろおろと狼狽《うろた》えてしまったのです。

「いや……働いてお金があるから……」

「奢ってもらう理由にはならないよ。立場は一緒だし」

「あ、はい……」

当初の意志を貫《つらぬ》くことも出来ず、結局その時の会計は割り勘になってしまいました。

この対応をした彼女に対し、「相手を立てないだなんて良くない」など様々な意見もあるのかもしれませんが、僕はこの時、彼女の言うことは至極《しごく》もっともだと感じたのです。

例えば先輩と後輩ですとか、そういう分かり易《やす》い関係でない限り、奢るという行為にはそれなりの理由が必要なのです。

僕と彼女は特に色っぽい関係ではありませんし、今後も対等な立場を保つためにも、割り勘を選択するのは一番具合がいいわけです。

そこで思い出したのが、『スマートフォンやタブレットの使い方を教える仕事』の後の食事で僕よりも多く支払いをしてくれた知り合いでした。

その人が僕よりも多く出してくれる理由として挙げたのは「そっちはお酒を飲まないし、こっちは沢山《たくさん》お酒を飲むから」というものだったのです。

これが実に分かり易く、そして僕も納得のし易い見事な理由だったということを思い知らされました。

片や僕はといえば、久しぶりに会った彼女に対し、『自分を良く見せたい』とか『格好付けたい』とか『ちゃんと働いているのだと思わせたい』といった、無理に自分を上に見せようという感情しかなかったわけです。

人に奢るのは難しいのだ——そんなことを思いながらしばらく過ごしていました。

深夜ラジオから流れてくる、『芸人の先輩が後輩に奢ってやる』というような話を、羨《うらや》ましいと指をくわえて聴いていたのを覚えています。

そんなある日、僕に転機が訪れます。

僕が所属する和太鼓パフォーマンスグループ『暁天《ぎょうてん》』に、新たなメンバーとして椎名《しいな》君という二十代の若者が入団してきたのです。彼はアルバイトをしながら役者としての稽古《けいこ》を積み重ねている、まさに『駆け出しの役者』でした。

椎名君以外の和太鼓メンバーは、僕より二つ年下なのですが、僕は浪人と留年を経験している身なので、学生時代は彼ら全員と結果的に同期というミラクルな立場にいました。

ですので、彼らに対して奢るという行為は、どこかスッキリとしません。

奢る側も奢られる側も気持ちよくならない気がするのです。

そんな集団の中にやってきた、年齢が十五歳ほど離れた椎名君の存在は、誰の目にも分かり易く後輩であり、また、彼の肩書も分かり易く『苦労している駆け出しの役者』であったので、深く考えずに奢るという行為にうってつけの人物であったのです。

そして、チャンスは訪れます。

和太鼓メンバー数人でとあるチェーン店へコーヒーを飲みに行くことになりました。

コーヒー一杯というのは、奢りの入門として丁度いい値段です。

レジに並ぶ際、後ろに居る椎名君に対し切り出しました。

「何飲むんだよ！ しょうがねぇなあ！ ここは出してやるよ！」

罵倒《ばとう》にも近いような圧力で詰め寄ってしまいましたが、彼は意外とすんなりと受け入れてくれます。

（これはいける！）

確信に近いものを感じました。

彼に対してならば、今後も僕はさほど臆《おく》することなく奢ることが出来そうです。

それからというもの、僕は方々《ほうぼう》で思うがまま先輩風をふかし続けました。

これは奢りハラスメント、略して『オゴハラ』だと言われかねないのですが、今のところ彼は訴える素振りを見せていないので大丈夫でしょう。

とはいえ、そもそも『暁天』のメンバーで食事に行くこと自体が稀《まれ》ですし、チェーン店のコーヒー代だとか、ラーメン代だとか、細々《こまごま》したものばかりでたいした額にはなっていないのも、僕が奢り易く、彼が奢られ易い一因だったのかもしれません。

二〇一九年八月のある日、そんな彼と二人で電車に揺られる機会がありました。

何か話題はないものかと思考を巡《めぐ》らせた結果、エッセイやトークイベントでのネタ作りのためにおすすめスポットなんかを聞き出していた時に、『ダイアログ・イン・ザ・ダーク』

という体験型エンターテインメントの話題が挙がったのです。

この『ダイアログ・イン・ザ・ダーク』は、照度ゼロの暗闇《くらやみ》で視覚以外の感覚を使い、様々なシーンを体験するというイベントなのですが、数年前に耳にして、その存在は知っていたものの、まだ開催されているとは思っていなかったので、話を聞きながら、これは面白そうだ、予約をしよう、と考えていました。すると、

「これ、行ってみたいと思ってたんですよねー」

隣に座っている椎名君がボソッと呟《つぶや》きます。

一人で出掛けようかと思ったのですが、先ほどの椎名君の言葉がやけに耳に残ります。

行ってみたいと思っていた。

けれど行けていない。

何故《なぜ》ならお金の余裕がないから。

期せずして訪れた、先輩風を吹かせるチャンスです。

後輩にイベント代金を出してやるだなんて、まるで先輩お笑い芸人が後輩に対してやる行為じゃないか――これは僕の自叙伝《じじょでん》に加えて後世に語り継ぐ出来事になります。

「よし！　代金を出してやるから、空いている日を言え！」

予約サイトのスケジュールはかなり埋まっており、更《さら》には二人の空いている時間を考えると、一か月ほど過ぎたくらいの日にどうにか予約を取ることが出来ました。

金額は一人一万二千円。

二人分だと二万四千円の出費となります。

この金額が表示された時、思わず「おっ」と声が漏《も》れてしまいました。

普段彼に奢っているチェーン店のコーヒー代とは文字通り桁《けた》が違います。

一瞬、喉《のど》が痛いタイプの重めの咳《せき》が出るくらいのインパクトはありました。

しかし、ここで動揺している姿を見せるわけにはいきません。

今後も気持ちよく奢り続け、堂々と先輩風を吹かせるために、こんなの屁《へ》でもない、むしろ屁が出るくらいの余裕を見せつけるため、僕は息を殺して予約完了ボタンを押しました。

当日、『ダイアログ・イン・ザ・ダーク』では貴重な体験をすることが出来ましたし、椎名君もまた満足げな顔をしていましたので、とてもいい一日であったのは間違いありません。

ただ、そのイベントのあと、コーヒーでも飲んで帰ろうかと決まった時に、椎名君が「近くにルノアールありますよ?」と平気な顔で口にしており(ルノアールは他のチェーン店に比べて少々値が張る)、おや? これはちょっと驕《おご》り始めているのではないか? と感じたこともここに記《しる》しておきます。

勿論《もちろん》、ルノアールには行きました。

コーヒー、美味《おい》しかったです。

フフフ
ッフ

第五章

出会い。

あの日あの時、あの文化祭で

教育課程において、一年に一度の間隔で『文化祭』と呼ばれる催《もよお》しが開かれます。

体育祭の花形が運動部連中であるならば、文化祭の花形は当然文化部に所属する生徒たち、ということになるでしょう。

今まで自分たちがやってきた活動の成果、それを披露《ひろう》する格好のイベントが、この『文化祭』になります。

僕は現在小説家として活動しており、過去には演劇部に所属、そして大学でも演劇を専攻していたので、当然の如《ごと》く文化系の人間になるわけですが、今回はそんな僕の文化祭の思い出を記《しる》させていただきます。

僕の人生において一番記憶に残っているのは、中学三年時に行われた文化祭です。

文化祭ではそれぞれのクラスが何かしらの劇を発表することになっており、僕らのクラスは、かのシェイクスピアの名作『ロミオとジュリエット』を演じることになりました。

「ロミジュリ、死ぬ役でもいい？」

演目が『ロミオとジュリエット』に決まってからしばらくして、配役を決める任に就《つ》いていた学級委員長からそう言われました。

その当時、卓球部に所属していた僕には『ロミオとジュリエット』に関する知識がさほどなかったので、一体どのような役柄《やくがら》なのかは分かりません。

今の僕なら、ロミジュリにて『死ぬ役』と言えば、主役のロミオとジュリエット、そしてロミオの友人マキューシオとジュリエットの親戚《しんせき》であるティボルトであると想像出来ます。

しかしまさか、僕が主役のロミオであるはずはありませんし、勿論《もちろん》ジュリエットであるわけもありませんので、おそらくはマキューシオかティボルトのことだったのでしょう。

「死ぬのかよぉ、なんだよぉ」

学級委員長からのお達しを受けて、僕は軽く悪態をつきながらも、廊下を小走りで走ったりして、かなり浮かれていたことを思い出します。ロミジュリといえば剣劇シーンがあることぐらいは知っていたので、こっそりと西洋の剣術の突き方の練習なんかをしていました。

中学三年生までの人生で、演劇に触れた機会は一度だけ。

それは小学生の時、授業の一環で『雨に唄《うた》えば』というお芝居に出演させられたことがあったのですが、扱いとしてはモブ中のモブで、登場回数は一回、台詞《せりふ》も一つだけ、おまけに、観《み》に来た母親に「もっとこうしたらよかった」とダメ出しを受けるという、居ても居なくても何ら問題のない、むしろ居ない方がよかったのかもしれないと思わせる役でした。

ですので、この『ロミジュリ』でちゃんとした役が貰《もら》えたならば、それは僕にとって人生初めての『ちゃんとした演劇体験』になるのです。

そしてその後、僕は大学で演劇を専攻するまでに至るので、この『ロミオとジュリエット』が、僕の演劇人生における出発点であったかもしれません。

「死ぬ役でもいい？」と言われた時から数日後の学級会にて、ロミオとジュリエットの配役が発表されました。

そして驚いたことに、台本の裏表紙に書かれた配役表に、僕の名前はありませんでした。

（あれっ？　なんで僕の名前がないんだろう）

（ひょっとしたら、主役級ではないのかも。死ぬは死ぬでも、端っこの方で死ぬ役があるのかもしれない）

僕は何度も台本を見返しました。

しかし、繰り返し見返してみても、舞台上でハッキリと死ぬ役は四名のみ。ロミオ、ジュリエット、ティボルト、マキューシオ以外には居なかったのです。

つまり、学級委員長に言われた「死ぬ役」とは、主役のロミオを除けば、ティボルトかマキューシオでしかありえません。

そして、そんなマキューシオとティボルトの下には、それぞれ勉学やスポーツに秀《ひい》でているクラスで人気者の男子の名前が書いてありました。

(ああ、なるほどなぁ……)

僕はこの時、世の中の原理を少し理解しました。

『いい役』には『いい俳優』が就くものです。そして中学生における『いい俳優』といえば、それはクラスの人気者に他なりません。

勿論、自分がクラスの人気者ではないことを自覚してはいましたが、こうして公的にハッキリと「お前は人気者ではない!」と突きつけられたのはこの時が初めてかもしれません。

あの日僕に「死ぬ役でもいい?」と話した学級委員長は、目を合わせてくれませんでした。

「配役を決める議題に僕の名前を出してくれた?」と聞いてみたいような、聞いてみたくないような……そんな気持ちになったことを覚えています。

そして迎えた文化祭当日。

僕は何もやることがなく、ただぼんやりと、クラスメイトが熱演している『ロミオとジュリエット』のお芝居を眺《なが》めていました。確か、出演者以外にも生徒たちは何かしらの仕事を与えられていたと思うのですが、そちらに関しては何一つ覚えていません。

スポットライトに照らされるクラスメイトたちを見つめながら、自分は人気者ではないということをただ噛《か》みしめる——これが、僕の記憶に残る文化祭の思い出です。

こんな出発点でこの後よく演劇の道を志《こころざ》したな、という感じですが、それから約一年後、

高校の文化祭にて、僕は再び演劇と出会うことになるのです。

高校に入学した当初、僕はギター部に所属しており、演劇とは無関係な学生生活を送っていました。中学生時代、とにかくイケてなかった自分をどうにか向上させようと僕が選んだものがギターだったのです。

この高校には軽音楽部がなく、ギター部はその代わりのような立場にありました。ギターをきっかけに音楽に触れていき、次第に部活のメンバーとバンドを組むというのが一つの流れになっているようです。

僕は一度もギターに触れたことはありませんでしたが、それでも入部した理由は、当時放映されていたアニメ『マクロス7』に登場するキャラクター、熱気《ねつき》バサラに憧《あこが》れていたからです。

しかし「アニメの影響で……」というのはあまりにもイケてない気がしたので誰にも言いませんでしたが、僕が一番初めに買ったエレクトリック・アコースティック・ギターの表面には小さく『Fire Bomber』（マクロス7において熱気バサラが所属するバンド名）と書いていました。

この当時はアニメが今ほど市民権を得られておらず、アニメ好きというのは『イケてない人たち』という印象が強い時代でした。

『イケてない人』というイメージを払拭《ふっしょく》するためにギターを弾こうとしているのに、その導入が『イケてないと思われがちなアニメ』の影響というのはいささか倒錯《とうさく》気味ですが、ギターといえばイケてる男の代名詞であろうと考えていました。

しかし、結局僕はギター部を一年ほどでやめることになります。

ギターを弾くこと自体はとても楽しかったのですが、ギター部の活動はたいして面白く感じなかったのです。

理由としては、やはり軽音楽部の色が濃い部活であり、誰も彼もがバンドを組みたがったのですが、僕としては一人で静かにギターを掻《か》き鳴《な》らしている方が性《しょう》に合っていたからでしょう。

ギターを弾く上で最初の難関である『Fのコード』を押さえられるようになったので、もう教わることは何もないな！　と勘違いしていたのも大きいかもしれません。

しかし、僕が通《かよ》っていた高校は必ず部活動に所属せねばなりません。

ギター部をやめるのならば、別の部活を探す必要がありました。

そしてその時、とても魅力に感じていたのが他ならぬ『演劇部』だったのです。

高校一年の文化祭。

まだギター部に在籍していた僕は、高校の体育館のステージの上で、部活の先輩たちが演奏するボン・ジョヴィの『Someday I'll Be Saturday Night』を聴いていました。

先輩たちの演奏が終わると、次は演劇部によるお芝居が始まるとのアナウンスがありました。

僕のクラスメイトにも演劇部に所属している男子生徒がおり、彼とはとりあえず仲良くしていたので、付き合いとばかりに観てみることにしたのです。

演目は演劇集団キャラメルボックスの『嵐《あらし》になるまで待って』でした。そして物語の核となる人物を演じていたのは、他でもない僕のクラスメイトだったのです。

お芝居の面白さもさることながら、自分のクラスメイトが、まだ一年生にもかかわらずとてもいい役を与えられていたこと。そして更《さら》に付け加えれば、彼は決して『人気者』の部類ではなく、どちらかと言えば僕と同じ部類に属する人間だったことに感動を覚えていました。

(演劇部でなら僕もいい役が貰えるのか……?)

客席のパイプ椅子《いす》に座りながら、僕は微《かす》かに興奮していました。

文化祭が終わってしばらくした後、僕はギター部に退部届を提出し、演劇部の門を叩《たた》きます。

『イケてない人』を払拭したかったにもかかわらず、あまりイケてないと思われる演劇部(※偏見です)に入部するというのはかなり倒錯していますが、どうにか自分を変えたい、何者かに変わりたいという変身願望があった自分にとって、他者に成り代わることが出来る演劇という存在はある意味最適解であったのかもしれません。

かなり遅れて入部した僕を演劇部の皆は温かく迎え入れてくれました。

演劇は演目によっては多数の人員を必要としますし、基本的に男子生徒不足なので（僕の代は意外にも男子の方が多かったですが）男性役を担《にな》うということ以外にも、舞台道具の作製や搬入・搬出要員として男子部員を欲《ほっ》していたのかもしれませんが、快《こころよ》く受け入れてくれた当時の演劇部の面々には今でも感謝しています。

余談ではありますが、演劇部の部員はほぼ四種類に分類されます。

多くがコアなアニメ好き（声優を『苗字《みょうじ》＋さん』付けで呼ぶ文化を僕はここで初めて知りました）、その他に大衆演劇・映画好きが数名、寺山修司至上主義が若干名、残りは何をしに演劇部に入ったのか分からない生徒で構成されています（※偏見です）。

ほぼ二年次から入部した僕が何故《なぜ》か後に部長に任命されたり、あまりに言動がきつい後輩の女子生徒を窘《たしな》めるため部室へ呼び出したら、その生徒が僕に襲われると感じたのかカッターを手にしていたり、他校の恐ろしいほどルーズな靴下をはいた威圧感のある女子生徒に告白をされたりと、様々な体験をさせてくれた演劇部でしたが……。

思えばあの時の文化祭で僕が演劇部の出し物を観劇していなかったら――その後、演劇の楽しさを知り、もっと演劇について学びたいと芸術系の大学を目指し、そして挫折《ざせつ》を味わい今に至るという僕の人生も大きく変わっていたかもしれません。

ちなみに、演劇部に入った僕がその後の文化祭で何かを披露することはありませんでした。

何故なら、〝高校演劇における甲子園〟とでもいうべき『全国高等学校演劇大会』の地区予選が、僕が高校二年生になった時から、文化祭の開催時期と丸被《まるかぶ》りになってしまったからです。

クラスメイトの皆がいそいそと文化祭の準備に勤《いそ》しむ中、僕ら演劇部の面々は、地区大会で使う大道具を会場に運ぶため、軽トラックに揺られることになるのでした。

その後、大学の学園祭では、演劇を披露したり和太鼓を叩いたりと、それなりに学園祭を謳歌《おうか》することが出来るようになりました。かなり遅くなりましたが、文化祭、楽しいものですね。

和太鼓

僕が和太鼓と出会ったのは学生時代、演劇を学んでいた時のことです。

演劇専攻の学生は、単位を取得するために、演劇学科が催《もよお》す公演に参加しなければなりません。

年に二本から三本程度、大学主催の公演が予定されるのですが、僕が入った年には、演劇と舞踊《ぶよう》公演が一本ずつ公演される予定で、僕は迷わず演劇の公演を選択しました。

これが僕の中ではビックリするぐらいハズレの公演であり、公演参加から終わるまでの三か月間ほど、なかなか辛《つら》い時間を過ごすことになりました。

まず、一年生はキャストに抜擢《ばってき》されることはありません。

演劇学科には、役者志望の学生、スタッフ志望の学生と様々存在しますが、一年生は全員、何らかのスタッフ業務に従事することになります。

そういうルールなのだから、これは仕方のないことだと納得もするのですが、では自分よ

りも先に入学したというだけでキャストをやっておられる諸先輩方は一体どんな演技をしているのだろう、と斜《しゃ》に構えてしまうのも、これは仕方のないことです。

全ての大学一年生がそうであるとは言いませんが、高校時代に演劇を齧《かじ》ってきた学生は天狗《てんぐ》になっています。僕も例に漏《も》れず巨大な鼻をしていたと思いますが、先輩の演技を見て、この程度なのかと落胆し、教授が考えた脚本を読んでは、実にツマラナイと一笑《いっしょう》に付していました。

公演までおよそ三か月間、彼らと付き合うことになるのです。

しかも、公演の準備は大学の授業が終わった後から始まるため、夜の二十時まで大学で作業をしている、なんてことはザラで、公演日の直前などは終電まで活動したり、なんなら学校に寝泊まりすることを求められる場合もありました。

当時、僕は実家の埼玉から片道一時間半ほどかけて大学に通《かよ》っていたので、ここまで苦労して一体何が得られるのだろうとかなり辟易《へきえき》していたものです。

一年後には自分も二年生となり、新入生から同様の厳しい視線に晒《さら》されることになるとは、この時は露《つゆ》ほども思っていません。

ただ、反対に凄《すご》いと感じたものもあります。

それは照明や音響、大道具といったいわゆる『裏方《うらかた》』と呼ばれる部署の充実ぶりでした。

予算も場所も少ない高校演劇時代では考えられない、見たこともない道具が陳列されており、それらの知識が豊富である教授や先輩方の姿にはとても感心したものです。

各公演にて、全ての生徒は何かしらのスタッフ作業に従事しなければならないのですが、僕は大学一年時、数あるスタッフ作業の中から『制作』を選択していました。

制作の仕事は、例えば予定している公演の予算を組んだり、チケットの管理や稽古場《けいこば》の確保、あるいは本番当日にお客様を座席まで案内するといったもので、人前に立つところから『表方《おもてかた》』と呼ばれることもあります。

しばらくの間、ポスター制作やら当日のお客様の誘導やらに頭を悩ませていたわけですが、そんな折、演劇の本番よりも前に開催される予定である舞踊公演の制作陣からヘルプを頼まれました。

本番当日、お客様の誘導をするために人手がいるとのことで、制作業務に従事していた一年生が数人駆り出されることになったのです。

そこで僕は生まれて初めて、和太鼓と出会ったのです。


そこで出会った和太鼓演奏は、日本舞踊を教えてくれる教授のもと、主に演劇学科の学生たちが主軸となっている集団によるもので、重厚な音の響き、振動によって体の内側まで揺さぶられる感覚、そして何より、群舞かと見紛《みまご》うほど息の合った打ち姿の美しさに、僕は一瞬で虜《とりこ》となってしまいました。

そして同時に思ったのです。

これは『モテる』と。


それまでの僕の人生は、およそモテとは縁遠いものでした。

しかしこの和太鼓をやれば、こんな僕もモテの王道に乗ることが出来ると、その時確かに思ったのです。


そこからの僕の行動はとても迅速《じんそく》であったと自負しています。

周囲を見てみると、誰かに誘われて一緒に和太鼓を学ぼうとした、という学生が多いように見受けられましたが、僕は誰も誘わず、誰にも誘われず、一人で和太鼓グループの門を叩《たた》きました。


和太鼓グループは、それ自体は授業ではないので、所属しても単位は出ません。また、稽古時間は授業外になり、夕方以降は演劇や舞踊公演の準備などの時間と重なるため稽古場が使えず、必然的に大学の授業が始まる前、いわゆる『朝練《あされん》』と呼ばれる時間帯に行うことになります。

勿論《もちろん》毎日ではありませんが、稽古のある日になると、僕は六時半に家を出て、朝八時から行われる朝練に参加しました。

それでも、稽古が楽しくて仕方がなかったことを覚えています。和太鼓に打ち込むことで、演劇学科での鬱々《うつうつ》とした思いを晴らしていたのかもしれません。二年生になるぐらいで一人暮らしを認めてもらい、通いやすくなったというのもあるのでしょうが、それから卒業するまでの五年間、僕はずっと和太鼓グループに所属していました。

そして、大学を卒業して十年という月日が経《た》った後に、その和太鼓グループを通じて、ロシアでの日本文化交流イベント『HINODE』に出演するために結成された『暁天《ぎょうてん》』という集団に所属することになるのです。

制作スタッフとして手伝いにいった舞踊公演で和太鼓に出会っていたあの日がなければ、僕は和太鼓を叩いていないかもしれませんし、ひょっとすると、小説家を目指したり、あるいはゲーム実況に手を出すこともなかったかもしれません。

嫌だ嫌だと思いながらも通っていた大学一年生の時のあの頃が、今の僕を形成していることになるのですから、人生とは本当に分からないものだと思うのでした。

新しい祖父

兄弟が結婚するだとか、親戚《しんせき》に子供が生まれるだとか、家族が増えるという経験は年齢を重ねていけばままあることだと思います。

しかし、僕の家族に加わったのは、齢《よわい》八十を迎えているであろうお祖父《じい》ちゃんでした。

「会わせたい人が居る」

母がそう切り出したのは、僕が二十歳《はたち》を迎えた頃です。

「……実は、お祖父ちゃんが居るのよ」

正確な言葉ではないですが、このようなことを言われたのを覚えています。

僕はかなり驚きました。

僕は父と母と兄、そして母方の祖母の五人家族で、父方の祖母の家の敷地で暮らしていました。

僕が生まれた頃にはすでに父方の祖父は亡くなっていましたし、また、母は長崎の出だったのですが、家族で長崎の田舎《いなか》に帰省するということもなかったので、田舎はすでになく、

母方の祖父も同様に亡くなっているのだろうな、と思っていたのです。

子供の頃、夏休みになると周囲の子供たちの多くがそれぞれ親の田舎へ遊びに行っていましたが、僕にはそんな場所がなかったので、自宅で過ごしながら、田舎がある彼らを羨《うらや》ましく感じていたものです。

しかし、祖父が実は生きていた。

更《さら》に驚いたことに、その祖父が今は再婚していると言うではないですか。

つまり、僕はお祖父ちゃんと同時にお祖母《ばあ》ちゃんも増えたことになるのです。

例えば兄弟の結婚相手にはもうお腹《なか》に赤ちゃんが居て、一瞬にして家族が二人増える、というのはよく聞く話かもしれませんが、一瞬にしてお祖父ちゃんお祖母ちゃんが増える、というのはあまり聞いたことがありません。お祖父ちゃんお祖母ちゃんはあまり増えるものではないでしょう。

どういうことなのか、多少の混乱はありましたが、しかし僕もすでに二十歳になっていたので「色々と事情があったのだろうな」と察することは出来ました。

僕の母方の祖母は、僕が生まれた時にはすでに祖父と離婚していました。

祖父は母の故郷の長崎で暮らし、祖母は娘の嫁ぎ先である僕ら家族と一緒に暮らすことになったのでしょう。

それだけならばそこまで隠す必要もないかと思うのですが、その後、祖父は長崎で再婚をし、新しい家庭を築きます。片や祖母はといえば、僕らと一緒に暮らしているとはいえ、再婚をすることはありませんでした。

例えば家族旅行という名目で、祖父の住む長崎に行くという選択は、祖母のことを考えれば取れなかったのでしょう。

また、幼少期の僕に向かって、実は祖父が長崎に居て、しかも再婚をしているということを伝えるのも、両親からしてみればちょっと難しかったのかなと思うのです。

僕が二十歳になった今ならば、色々と事情を察してくれると思ったのかもしれません。

さて、母から衝撃の事実を聞いた数日後、僕は父、母、兄との四人で、都内にあるファミリーレストランへ向かいました。

少し可哀《かわい》そうではありますが、事情が事情だけに母方の祖母には内緒の食事会です。

みんなの手前、平静を装ってはいたもの、僕は内心ドキドキしていました。祖父がすでに再婚しているということは、ひょっとしたら祖父の子供が居るかもしれません。

その人は僕にとってどの辺りの親等になるのだろう？

僕は叔父《おじ》さんになるのだろうか？　それともその子が叔父さん？

もしその人が……妙齢の女性だったらどうしよう？

可愛《かわい》い人だったらどうしよう……結婚とか、で、出来るのだろうか？

様々な思いをぐるぐるさせたまま、僕はレストランに向かいました。

しかし残念ながら……というのも失礼な話ですが、ファミリーレストランに居たのは二人の老人だけでした。豪快にタバコをふかしているハットを被《かぶ》った小粋《こいき》な老爺《ろうや》と、その隣にはグラデーションのかかった六角形のサングラスをかけた老婦人が座っていました。

（濃いな！）

そう思ったのをハッキリと覚えています。

「こちらがお祖父ちゃんで、こちらが○○さん」

母の紹介に、老婦人は丁寧に頭を下げ、老爺は「おうおう」と小さく頷《うなず》きました。

「元気そうにしとっけん、良かったよ」

長崎弁なのでしょうか。祖父の話す言葉は独特の訛《なま》りが強く、更にちょっとぶっきらぼうな物言いも相まって、気を抜くと何を言っているのか分からなくなりますが、その表情にはどことなく母の面影がありました。

今までの経緯《いきさつ》などの説明は特になく、軽く食事を済ませた僕らは、新宿駅南口にあるサザンテラスへと赴《おもむ》きました。祖父たちはもうすぐ長崎に戻るらしいのですが、彼の提案で家族の集合写真を撮影することになったのです。

僕にとっても祖父にとっても、家族にとっても初めての集合写真です。

父は自慢のデジタルカメラを取り出し、僕たちを撮影しようとしたのですが、どういうわけか上手《うま》く設定が出来ないようで、「撮れているか分からない」と苦笑いを浮かべています。当然ですが、義父の前で慌《あわ》てる父の姿を見たのは初めてのことでした。普段は冷静な父なのですが、流石《さすが》に緊張をしていたのかもしれません。

ここで、もし僕が祖父だったならば、

「おや？　どうしたのかな？　得意のカメラは。鳥は撮れても私のようなジジイは取れないのかい？」（※父は普段、鳥の写真ばかり撮っている）

なんて煽《あお》りに煽ったと思うのですが、祖父はそんなに性格が悪くはありませんでした。

「いいたい、いいたい」

祖父は長崎弁で「気にしなくていい」と言うのです。

「撮ったっていう事実が大事やけん、撮れてなくてもいいたい」

この日、祖父が発した言葉を、僕は一生忘れないと思います。

写真とはその瞬間を切り取るツールで、写真さえあればいつでもその時の光景を思い出すことが出来るものですが、それよりも大切なことは、今この時、皆が一堂に会して、一緒に笑顔で写真を撮ったのだという事実と、それを記憶しておくことだと祖父は言いたかったのでしょう。

そう、僕らは今、確かに心のシャッターを切ったのだと……。

——さて。

結局、父のカメラは無事に復調し、新しい家族の写真もしっかりと残すことが出来、父も面目躍如《めんぼくやくじょ》となりました。

それから祖父は度々東京近郊を観光するようになり（ひょっとしたら今までもしていたのかもしれませんが）、僕もしばしば、祖父たちと会うようになりました。

しかし、大人になってから出会った祖父との距離感はいまいち分かりません。

祖父は自分のことを話しませんでしたし、僕もまた、祖父のことについて尋《たず》ねることはありませんでした。元々他人と深い話をしてこなかった性格が災《わざわ》いしたのか、いつも当たり障《さわ》りのない挨拶《あいさつ》のような会話に終始し、内容のある話などなかったと思います。

もっと踏み込んで色々と尋ねるべきだったのか、それとも、このくらいの関係が丁度良かったのか——僕には今もなお判断が付きません。

しかし、あの時の祖父の言葉を、僕は決して忘れることはないと思います。

いつか僕も祖父のように、小粋なハットを被り、六角形のサングラスをしたお嫁さんを連れて、孫の心にいつまでも刻まれるような至言《しげん》を残したいものです。

まずは孫、その前に嫁、そして六角形のサングラス、しかし何よりも自分の性格……祖父への道は険《けわ》しいなと改めて感じました。

祖父の見舞いと一人旅

僕が二十歳《はたち》で初めて出会った祖父が、その後病床に臥《ふ》し、母は看病のために長崎の佐世保《させぼ》へ向かったのですが、それからしばらくして母から一本の電話がありました。

「お見舞いに来て欲しい」

母は淡々とそう言いました。

どうやら、祖父の容体は思ったよりも良くなかったようで、最後に会いに来てやって欲しいということなのでしょう。

当時コント活動をしていた二十八歳の僕はすぐに佐世保へと向かいました。目的は勿論《もちろん》祖父の見舞いですが、どうせ九州へ行くのだから、ついでに一人旅をしようと思ったのです。

季節は五月に入ったばかりで、気候はかなり暖かくなっていました。

生まれて初めて訪れた、僕の田舎《いなか》になったかもしれない佐世保という町は、思ったよりも都会でほんの少し拍子抜けしましたが、それでも祖父の家の傍《そば》の辺りは、右を向けば山が、左を向けば海が見え、家々の隙間《すきま》から見える大きな造船所の赤茶けた屋根と巨大なクレーン

を眺《なが》めるだけで、望郷の念、とは少し違うのかもしれませんが、不思議と感慨《かんがい》深い気持ちが湧《わ》き起こりました。

祖父はだいぶ痩《や》せていましたが、それでも元気そうに顔に皺《しわ》を作って笑い、なんでもない、たいしたことはないというような素振《そぶ》りをしてくれました。

折角《せっかく》なので近所を散歩しようと思っていると、看病に疲れたのか、それともただ暇だったのか、母が「自分も行く」と付いてくるのでした。

祖父が暮らしている家は新しく借りた家だそうで、母の生家（今は別の人が住んでいる）を見に行ったり、母が通《かよ》っていた高校などを案内され、ぽつりぽつりと話をしながら歩きます。

僕は家族と昔話をすることなど殆《ほとん》どなかったので、その何もかもが新鮮で、少しこそばゆい気持ちでいました。

翌日。

「今日はどうするの？」と母に言われた僕は「折角だから九州を見て回る」と答えました。

祖父の家には三日ほど居る予定だったのですが、九州地方にある巨大な建造物を見て回ろうと計画していたのです。

その頃の僕はどういうわけか巨大な建造物に心惹《こころひ》かれていて、「出来るだけ大きなものを見たい！」という欲望に駆《か》られていました。

祖父の見舞いを出しに使っているようで多少気が引けましたが、元々出不精《でぶしょう》であった僕は、一人旅というのを殆どしたことがありませんでしたし、初めて訪れる九州地方に若干浮かれていたのも確かです。

佐世保を離れた僕は、巨大な炭鉱島・端島《はしま》へ行くため、まずは長崎駅へ向かいました。長崎の港から端島へと向かう観光フェリーが出ていることは前もって調べていて、事前に予約も済ませていたからです。

端島は別名『軍艦島《ぐんかんじま》』と言われる島で、炭鉱が盛んであった明治から昭和の時代に栄えていた島です。一時期は五千人を超える人たちがそこで暮らしていたらしく、中には神社やお寺、学校や映画館まであったようです。

僕が訪れた当時は、まだ上陸は出来ず、船で島の周りをぐるっと回る程度の観光しか出来ませんでしたが、島全体がまるで要塞のような様相を呈しているその姿を見られただけで、随分《ずいぶん》と興奮したことを覚えています。

余談ですが、僕が埼玉に戻った後に上陸が出来るようになったらしく、かなり悔《くや》しい思いをしました。無人の建物群ですし、長年海風に晒《さら》されていることもあり、近年は老朽化《ろうきゅうか》が進み、崩壊の危機にあるそうです。

その後、グラバー園や眼鏡橋《めがねばし》、出島《でじま》なんかをぼんやりと見終えた後、再び佐世保に戻ることにしました。

次の日は佐世保市の南側にあるハウステンボス美術館へ。

巨大な建造物はあまりなさそうですが、折角佐世保に行ったのだからと足を運んでみることにしました。すると、

「私も行く」

母はまたそんなことを言い出しました。

ハウステンボスに思い入れがあるのかと尋《たず》ねると、全くないとの返答です。

断る理由も特に思いつかなかったので、母と一緒にハウステンボスを回り、その後、うず潮が見られると噂《うわさ》の西海橋《さいかいばし》へ赴《おもむ》き「うず潮っぽい……かな?」などとかなり譲歩しながら、二人で伊ノ浦瀬戸《いのうらせと》を眺めていました。

翌日は佐世保最終日です。

つまり、ここで僕と祖父とが今生《こんじょう》の別れとなることは、僕も母も、そして祖父も気が付いていたとは思いますが、しかし湿《しめ》っぽいことは何一つなく、やけにあっさりとお別れを済ませました。

「元気で」

別れ際に僕は祖父にそう伝えました。

前日の晩から、何を伝えればいいかずっと考えていたのですが、それ以外の言葉が思いつかなかったのです。

しかも、そう言って別れようとしたものの、その後すぐに家を離れることが出来なかったので、結局同じ言葉を二度言う羽目になってしまいました。

なんでこんなに別れ方が下手《へた》なのだろう、と少し落ち込みました。

祖父の家を離れた僕は、長崎から佐賀県に移動、佐賀県有田《ありた》町の陶器市、唐津《からつ》市の唐津城を巡《めぐ》り、福岡県へ。母は佐賀県まで付いてきましたが、そこで再び佐世保へと戻っていきました。福岡では志免《しめ》町にある志免鉱業所竪坑櫓《たてこうやぐら》という不思議な造形の遺構を眺め、篠栗《ささぐり》町の南蔵院《なんぞういん》では世界一大きいとされる涅槃《ねはん》像を見物し、夜になって、日本で一番高い海浜タワー、福岡タワーへ登頂。

福岡タワーにはカップルや友達と訪れている人が多く、外国人観光客の団体もちらほらおり、一人で観光に行っているのは僕くらいでした。

展望台へと向かうエレベーターに乗り込むと、団体の韓国人観光客と一緒になりました。

エレベーターのガイドさんは、初めは日本語で福岡の街並みを説明してくれていたのですが、同乗者が韓国の方だと分かるや否《いな》や、急遽《きゅうきょ》日本語と韓国語を織り交ぜての説明に変更しました。

(咄嗟《とっさ》に対応出来るなんて凄《すご》いじゃないか)

ガイドさんのスキルに僕はいたく感心しましたし、同乗していた観光客も説明を聞いてふんふんと頷《うなず》いていました。

しかし、いつしか日本語の説明は少なくなり、気が付けば全てが韓国語になっていたのです。

（なるほど……でもこれは仕方ない。だって、この中に一人日本人が紛《まぎ》れ込んでいるだなんて思わないもの）

僕は一人苦笑いを浮かべ、エレベーターが最上部へとたどり着くのを待っていました。

福岡タワーの展望台から見る夜景はとても綺麗《きれい》でしたが、カップルや友達同士の集団に囲まれながら見る景色は、不思議と滲《にじ》んで見えるのでした。

翌日に博多《はかた》にて博多どんたくの賑《にぎ》わいをチラっと肌で感じた後に、ようやく埼玉へ戻り、僕の一人旅は終わりました。

地元に戻ってからも、巨大建造物に対する憧《あこが》れは醒《さ》めず、近所でも何かないかと探して見つけたのが送電鉄塔で、そこから僕は鉄塔に関する知識を蓄《たくわ》え、鉄塔名義で活動し、ついには鉄塔を題材とした小説『君と夏が、鉄塔の上』を執筆するまでになりました。

全てはこの一人旅から、ひいては祖父の存在から始まったのだと言っても過言《かごん》ではありません。

改めて、祖父に感謝したいと思う今日この頃です。

あとがき

僕は『三人称』という三人組のゲーム実況グループに所属しています。

ゲーム実況というものが何なのかについてはここでは割愛《かつあい》させてもらうとして、この『三人称』というグループが結成されたのは二〇一一年のことなので、もう十年近く同じメンバーと活動をしていることになります。

もともと人との付き合いが長く続かない僕にとっては、それこそ奇跡に近いような年数です。

今でこそ認知度が向上しつつあるゲーム実況界隈《かいわい》ですが、僕が活動を始めた当初は数多《あまた》ある〝かわった趣味〟の一つという感じで、知っている人同士でひっそりと楽しむような雰囲気のものでした。

僕がゲーム実況を始めようとした理由はいくつかあります。当時、僕はコント活動をやっていたのですが、公演を重ねても集客がそれほど伸びず、集団として少し行き詰まっていました。「それぞれ個人でも活動していこう」と、元々演劇に携《たずさ》わっていたメンバーが役者としても活動し始めたのですが、さて僕は一体何をしたいのだろうと考える必要がありました。役者として舞台に上がるつもりは殆《ほとん》どなかった僕でしたが、コントの台本を書くことは好きだったので、これをもっと長尺にしたら小説になるのではないか？　と思い立ちます。

それは非常に安易な考えであり、それほど都合よく物語を紡《つむ》ぐことは出来なかったのですが、せっせと小説を書き連《つら》ね、賞に応募しては落選し、再び小説を書き連ねるという生活になり、やがて自室に引《ひ》き籠《こも》りがちになっていきます。

そんな折に出会ったのがゲーム実況でした。

自分が好きなゲームを使って、様々な表現が出来る――興味をそそられ、ゲームを録画する方法を探すに至るまでに、さほど時間はかかりませんでした。

初めは、ゲーム実況という表現方法を使って何か面白いことが出来そうだなという漠然とした思いしかなく、それで食べていこうとか、何か仕事に繋《つな》げたい、などとは考えてもいませんでした。

あの当時にゲーム実況動画を作成していた人たちは皆同じかもしれません。

投稿活動を続けていると、自然とその界隈での繋がりが増えていき、コミュニティが出来上がっていきます。

その時に出会ったのが『三人称』の二人のメンバーでした。

彼らは高校時代からの知り合いで、二人で活動を始めたようですが、僕は彼らよりも少し早い時期からゲーム実況活動をしていたため、狭いコミュニティ界隈ではありましたが、彼らよりも知名度がありました。

そこに彼らは目を付けたのです。


ある時、彼らの方から僕にコンタクトを取ってきました。

初めは同じゲームで共に遊んでいたゲーム仲間だったのですが、そのうちにゲーム以外の何かを一緒にやってみないか、という話になっていきます。

彼らにしてみれば、僕の知名度を利用して自分たちもより有名になりたいという魂胆《こんたん》だったのでしょう。


つまり、僕を踏み台にしようとしていたわけです。なんと計算高いことでしょう。

しかし、では僕には何のメリットもなかったのかと言えば、そんなことはありません。

僕はそれまで、私生活でもネットでもだいたい一人で活動していました。

ただ、それまでに経験してきた演劇やコントでの活動から、一人よりも多人数の方がより多くのことが出来ると感じていました。

また、彼らは僕が疎《うと》いパソコンなど機械の知識を豊富に持っていることが窺《うかが》えたのです。

互いの利害が一致したところでグループを結成することになるのですが、僕らは当初、ゲーム実況ではなく雑談をするグループとして出発しました。

まずは三十分という時間を必死に乗り切るところから始まり、一時間、一時間半と次第に長尺になり、現在は週に一回のペースで二時間ほどだらだらお話をさせてもらっています。

また、その派生として、動画や生放送といったインターネットを介する方法ではなく、実際にお客さんの目の前でお話をさせてもらう機会を得ることが出来ました。

新宿、歌舞伎町にある、収容人数は三十人ほどであろう小さなバーに無理やり五十人からのお客さんを詰め込み、膝《ひざ》と膝をこすり合わせるような状態でトークイベントをしたことを今でもよく覚えています。

約二時間のイベントを一日三回、合計六時間。お客さんの入れ替えの十五分間が休憩《きゅうけい》時間となるのですが、狭い店内には楽屋というものが存在しないため、キッチンの横だとか狭い通路の間に三人立って並んで開演を待ちました。

その間も従業員さんは僕らの後ろを行き来していますし、お客さんに休憩中の姿を見られてしまうこともあり、流石《さすが》にこれは辛《つら》すぎるということで、バーのトイレを楽屋として使用していたこともあります。

このイベントを企画した人が目の前にいたら、文句の一つでも言ってやりたくなりますが、今となっては笑い話にさせてもらっているので、いい経験であったと思います。

そんな活動を地道に続けるうちに、次第に会場の広さは大きくなり、百人、五百人とお客さんも増え続けていき、現在では一千人を超えるお客さんの前でトークイベントをさせてもらうこともあり、演劇を志していた時などは、片手で数えるほどのお客さんも呼べず肩身の狭い思いをしていた僕からすると、この状況の変化には驚くばかりです。二〇二〇年に感染が拡大した新型コロナウイルスの影響で、トークイベントは軒並み中止となってしまいましたが、またいずれ、皆様の前でイベントが出来ることを心より待ち望んでおります。

ゲーム実況の方も長々と継続することが出来、チャンネル登録者数も四十五万人を超え、分不相応《ぶんふそうおう》な状態に目を回すこともしばしばです。

およそ十年という長い年月を、『三人称』の面々と共に活動してこられた理由は、こうして多くの方に応援していただいたから、というのが一番の理由ではありますが、お互いがそれぞれの領域に深く入り込もうとはしなかったことも重要な要素であったと思っています。

「いつまでも仲がいいですね」と言われることがあるのですが、実際のところ、僕らは友人同士であれば交わされるであろう身の上話や恋愛相談といったプライベートな事柄を話したことが殆どありません。

お互いに少し距離を置いて、遠いところでキャッチボールをしているような関係です。

つまり僕らは結局のところ、出会った当初の、一緒にゲームで遊んでいた『ゲーム仲間』という関係から殆ど進展していないわけです。

しかし、その『浅さ』こそが僕らが長く続けてこられた理由なのだろうと思います。人によっては異論、反論もあるのでしょうが、少なくとも僕はその『浅さ』のお陰でここまでやってこられました。


今後、ゲーム実況界隈がどうなっていくのか、僕には分かりません。

ひょっとすると明日にでもなくなってしまう可能性も大いにあります。

けれど、『三人称』は『ぼっちな僕が長く続けられている関係性ベストワン』を日々更新しているので、今後も出来るだけ続けていければいいなと思っている次第です。


さて、二〇一九年三月から約一年にわたり、ホーム社文芸図書WEBサイト「HB」にて、『ところにより、ぼっち。』というタイトルでエッセイを連載させていただいていました。本書はそれらを加筆・修正したものになりますが、その連載が終わるとほぼ同時に新型コロナウイルスが蔓延《まんえん》し、世界はあっという間に姿を変えてしまいました。

ソーシャルディスタンス、三密、クラスターといった言葉がそこかしこで連呼され、耳に馴染《なじ》むまでにさほど時間はかかりませんでした。

生活様式も大きく変化し、人々は自然と距離を保つようになりました。僕が苦手だった飲

DONPISHA
PECHANKO
TETTOU

み会は姿を消し、誰とも会わず閉じ籠って生活することを推奨される――『ぼっち』であることをここまで強く求められる価値観の世界になるだなんて、この連載を始めた当初は全く思いもしませんでした。

そして、このあたかも『ぼっち』が推奨されるような世界になってみてどうなったかと言えば、確かに直接的なやり取りは少なくなりましたが、代わってウェブカメラを使用した通話が増えるという、『ぼっち界』にとって新たな脅威に直面することになりました。今までは逃げ場であった自宅が、逃げ場でなくなるというケースが頻出《ひんしゅつ》し、悲鳴と怨嗟《えんさ》の声が方々《ほうぼう》から聞こえてきます。

世界の変化に合わせて、『ぼっち』もまた変わらねばならないのかもしれません。『ぼっち』はどうあるべきなのか、僕もこれから探していこうと思います。

この本が出版されるにあたり、装画やエッセイ毎《ごと》の挿画、スゴロクに素敵なイラストを添えていただいた漫画家の山本さほさん、装丁を担当していただいた名和田耕平デザイン事務所さん、また、連載中から毎回アイディアを出して下さったホーム社の佐々木康治さん並びに編集部の皆様、そして、帯文を寄せてくれたTEAM 2BRO.の弟者《おとじゃ》君に、この場をお借りして御礼申し上げます。

特に、漫画家の山本さほさんのイラストに関しては、僕が元々山本さんの大ファンだった

 こともあり、連載を始める際に、担当の方に若干強めにお願いをしてみたところ、多忙にもかかわらず快く承諾していただいたとのことで、本当に感謝しております。

最後になりましたが、連載中に応援して下さった皆様、そしてこの本を手に取って下さった皆様に、厚く御礼申し上げます。

賽助

賽助の

ぼっちスゴロク

監修＝賽助　イラスト＝山本さほ

サイコロを組み立て、
イラストを駒にして遊んでね。
拡大コピーをすると遊びやすいぞ。
色をぬったら、
オリジナルのぼっちスゴロクが完成だ!

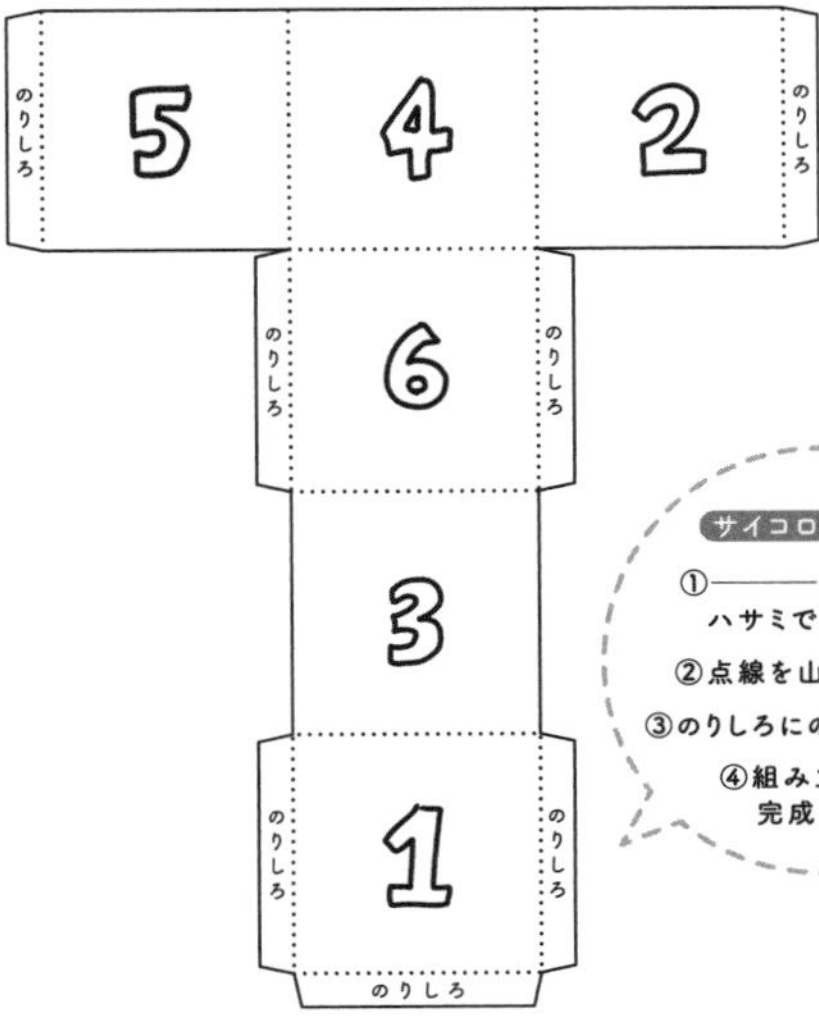

サイコロの作り方

①――――線に沿って
ハサミで切ります。

②点線を山折りします。

③のりしろにのりをぬります。

④組み立てたら
完成です。

スタート
賽助誕生。次男だからか
子供の頃の写真が
少ない気がする
▶切なさを胸にサイコロを振る
小学校入学
魔術ブームに
便乗
▶魔法陣を描いて
1マス進む
ゲームの
協力プレイ
で友達と険悪に
▶1回休み　友達とも
おにぎりを
食べて
連鎖理論を提唱
▶1人で2マス進む
クリスマスに
近いため、
誕生日を兄と
同じ日に変更
▶本当の誕生日は
祝われなくなる
一人遊びに没頭。
妄想力が磨かれ、
作家としての
基礎が出来あがる
▶ある意味2マス進む
中学校入学
お付き合い
していた子
の教科書に愛の言葉を記入。
怒られる
▶2マス戻るしすぐ別れる
公式戦最初で
最後の打席。
出塁するが代走を出される
▶進塁したから1マス
進ませてあげて？
好きな子に
ラブレター（選択式）
を書く
▶1マス進む？
はい・いいえ

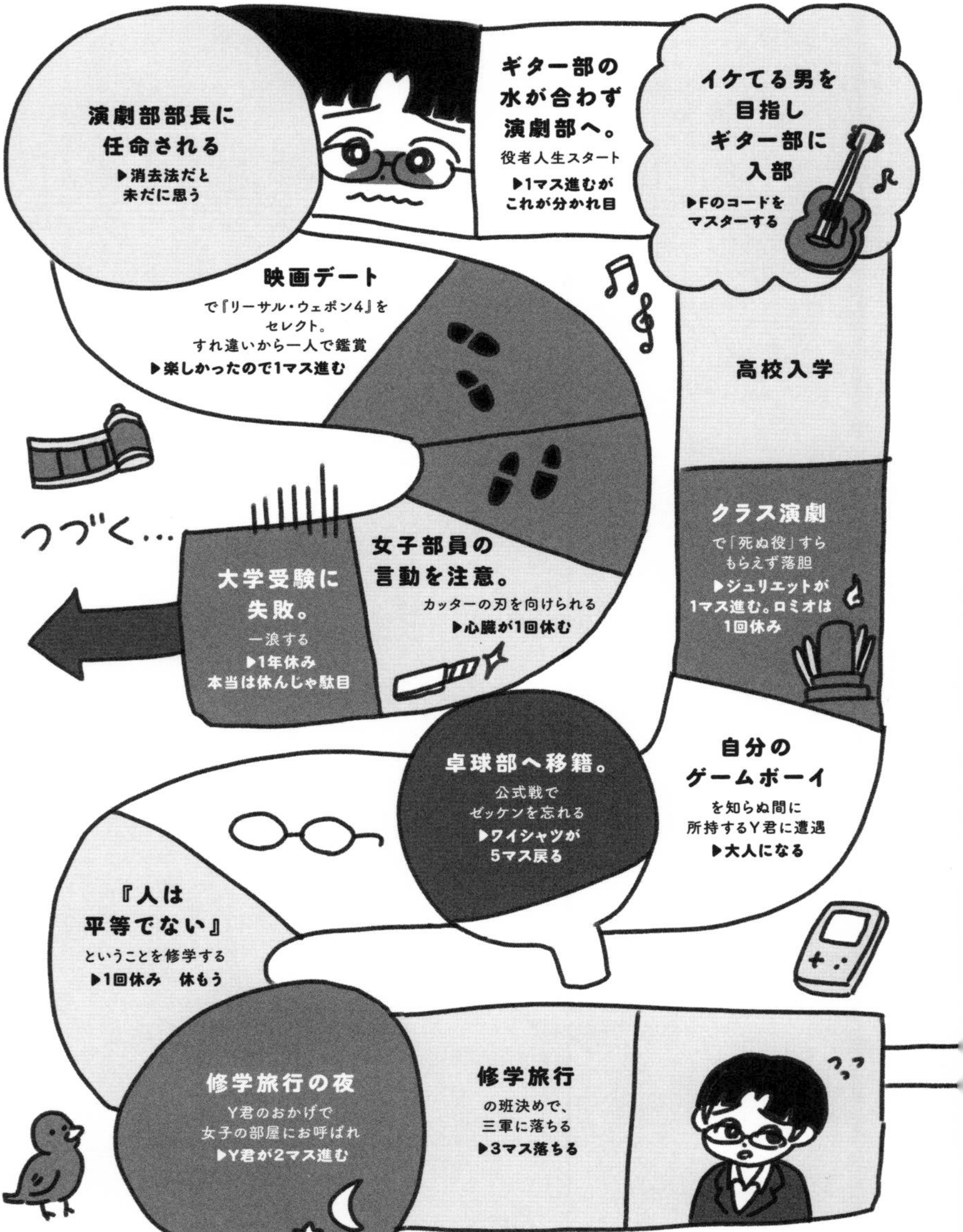

修学旅行
の班決めで、
三軍に落ちる
▶3マス落ちる
修学旅行の夜
Y君のおかげで
女子の部屋にお呼ばれ
▶Y君が2マス進む
『人は
平等でない』
ということを修学する
▶1回休み　休もう
卓球部へ移籍。
公式戦で
ゼッケンを忘れる
▶ワイシャツが
5マス戻る
自分の
ゲームボーイ
を知らぬ間に
所持するY君に遭遇
▶大人になる
クラス演劇
で「死ぬ役」すら
もらえず落胆
▶ジュリエットが
1マス進む。ロミオは
1回休み
高校入学
イケてる男を
目指し
ギター部に
入部
▶Fのコードを
マスターする
ギター部の
水が合わず
演劇部へ。
役者人生スタート
▶1マス進むが
これが分かれ目
演劇部部長に
任命される
▶消去法だと
未だに思う
映画デート
で『リーサル・ウェポン4』を
セレクト。
すれ違いから一人で鑑賞
▶楽しかったので1マス進む
女子部員の
言動を注意。
カッターの刃を向けられる
▶心臓が1回休む
大学受験に
失敗。
一浪する
▶1年休み
本当は休んじゃ駄目
つづく…

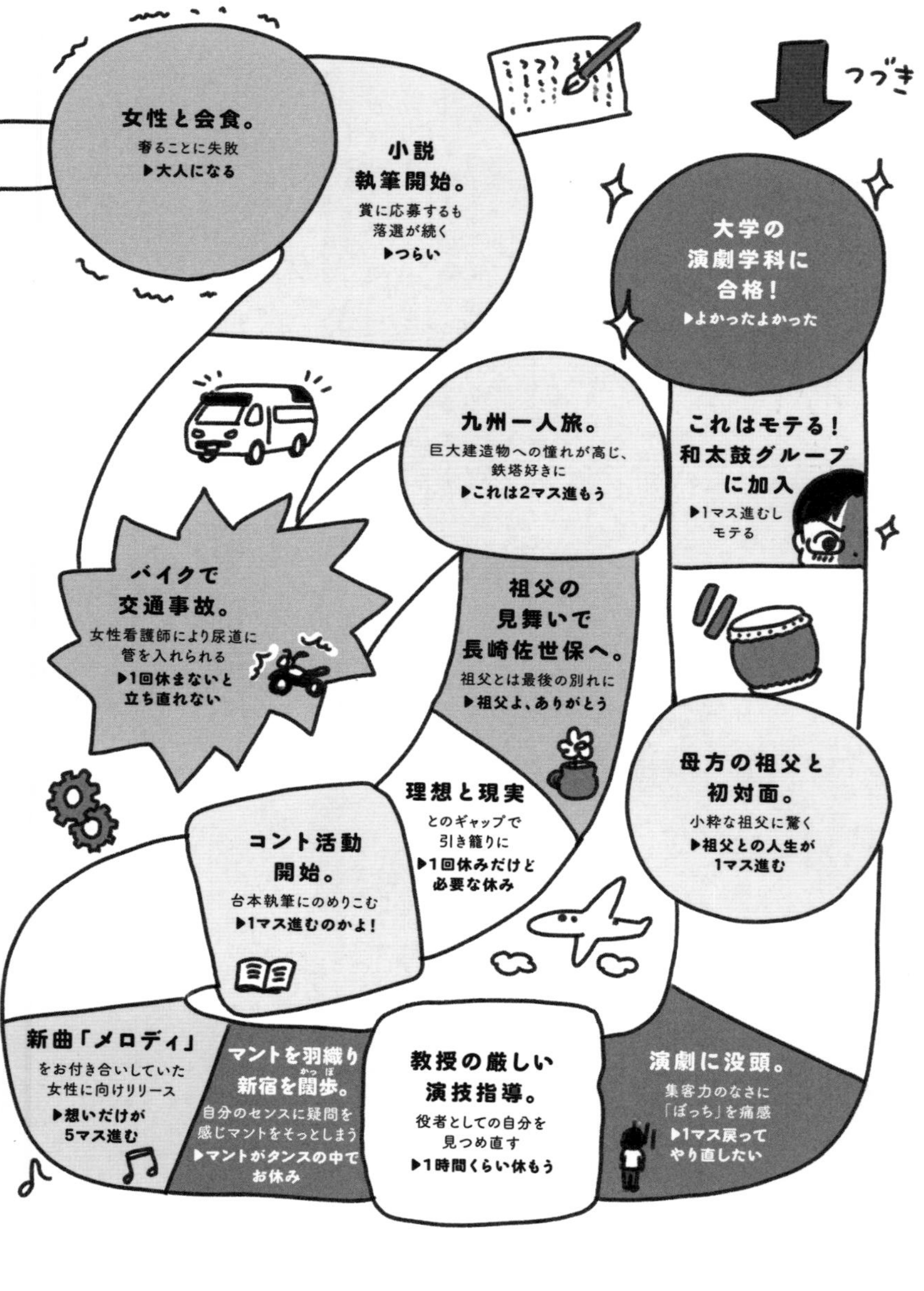
つづき
大学の
演劇学科に
合格!
▶よかったよかった
これはモテる!
和太鼓グループ
に加入
▶1マス進むし
モテる
母方の祖父と
初対面。
小粋な祖父に驚く
▶祖父との人生が
1マス進む
演劇に没頭。
集客力のなさに
「ぼっち」を痛感
▶1マス戻って
やり直したい
教授の厳しい
演技指導。
役者としての自分を
見つめ直す
▶1時間くらい休もう
マントを羽織り
新宿を闊歩《かっぽ》。
自分のセンスに疑問を
感じマントをそっとしまう
▶マントがタンスの中で
お休み
新曲「メロディ」
をお付き合いしていた
女性に向けリリース
▶想いだけが
5マス進む
コント活動
開始。
台本執筆にのめりこむ
▶1マス進むのかよ!
理想と現実
とのギャップで
引き籠りに
▶1回休みだけど
必要な休み
祖父の
見舞いで
長崎佐世保へ。
祖父とは最後の別れに
▶祖父よ、ありがとう
九州一人旅。
巨大建造物への憧れが高じ、
鉄塔好きに
▶これは2マス進もう
バイクで
交通事故。
女性看護師により尿道に
管を入れられる
▶1回休まないと
立ち直れない
小説
執筆開始。
賞に応募するも
落選が続く
▶つらい
女性と会食。
奢ることに失敗
▶大人になる

小説
『はるなつふゆと七福神』
で作家デビュー！
▶よかったよかった
「三人称」

結成！
▶共に進む人が
増える
一人で
ゲーム実況を開始。
ゲーム実況者〈鉄塔〉誕生
▶ある意味ここが
ふりだし
ロシアの日本文化
交流イベント
で10年ぶりに和太鼓を叩く
▶1マス進みたいが
身体が付いていかない
結石発覚！
石持ちの父・兄に続き
「石の一族」の一員に
▶石よ5マス戻れ
小説
『君と夏が、鉄塔の上』
刊行
▶いい作品ですよ
2匹の保護猫
「早《そう》助《すけ》」「退《たい》助《すけ》」
と暮らし始め、
部屋が賑やかに
▶気持ちは100マス進んでる
WEB連載
「ところにより、ぼっち。」
スタート
▶連載を無事終われるまで
こつこつ進む
ポケモンの
〈リアル脱出
ゲーム〉
に単独参加。
脱出成功に貢献!?
▶何かから脱出する
和太鼓グループ
の後輩
にイベントチケットを奢る
▶24,000円支払う
初の
占い体験。
女子プロレスラーを
恋のお相手に
勧められる
▶想像で技をかけられ
1回休み
「三人称」の
YouTube
登録者数40万人
突破！
（2019年12月）
▶ありがとうございます！
鉄塔好きが高じ
「電氣新聞」から
インタビューを受ける
▶好きなことを
好きだと言うことの
大切さ…
WEB連載
終了。
締切に遅れなかったことを
担当編集に褒められる
▶締切に遅れた人は
1マス戻る
ゴール！
祝『今日も
ぼっちです。』
刊行

本書はホーム社文芸図書WEBサイト
「HB」(https://hb.homesha.co.jp/)の
連載「ところにより、ぼっち。」
(二〇一九年三月~二〇二〇年二月掲載)を
加筆・修正し、書き下ろしを加えたものです。

賽助（さいすけ）

作家。東京都出身、埼玉県さいたま市育ち。

大学にて演劇を専攻。

ゲーム実況グループ「三人称」のひとり、

「鉄塔」名義でも活動中。

著書に『はるなつふゆと七福神』（第1回本のサナギ賞優秀賞）『君と夏が、鉄塔の上』がある。

今日《きょう》もぼっちです。

2020年10月31日　第1刷発行
2024年1月28日　第6刷発行

著者　賽助《さいすけ》

発行人　茂木行雄
発行所　株式会社ホーム社
〒101-0051
東京都千代田区神田神保町3-29共同ビル
電話［編集部］03-5211-2966
発売元　株式会社集英社
〒101-8050
東京都千代田区一ツ橋2-5-10
電話［販売部］03-3230-6393（書店専用）
［読者係］03-3230-6080
本文組版　有限会社一企画
印刷所
製本所　大日本印刷株式会社

Kyou mo bocchi desu

ISBN978-4-8342-5340-5　C0095